Beijo sem Querer

ANNA KATMORE

Beijo sem Querer

Capítulo 1

Ele nunca tentou me beijar, mesmo quando praticamente dividíamos a mesma cama durante metade do verão. E, então, ele se foi. Por cinco – atormentadoras – semanas. Achei que ia morrer depois do segundo dia.

Mas hoje, minha tortura terminou. Hoje, Anthony Mitchell voltou. Meu melhor amigo e futuro marido. Não que eu tenha informado isso a ele, mas não era necessário. Todo mundo sabia, e eu estava mais do que ansiosa para trocar meu sobrenome, Matthews, pelo dele. Tony e eu andávamos juntos desde o jardim de infância. Éramos inseparáveis, exceto pelas poucas horas diárias em que ele tinha treino de futebol e eu tinha – bem, um tempo para escrever o quanto eu o amava no meu diário pela milionésima vez.

Liza e Tony, que eram como Bonnie e Clyde. Como Lois e Clark. Nós éramos os "M&M", estou falando sério.

A campainha tocou.

Meu coração pulsou contra a garganta enquanto jogava o diário de lado, debatendo-me para desenroscar as pernas embrulhadas no edredom. Por fim, caí da cama enrolada nele.

— Estou indo! — Descendo a escada caracol, passei os dedos pelo meu longo cabelo castanho para dar uma última ajeitada antes de correr para abrir a porta. Um raio de sol me acertou primeiro, seguido pela bela aparência de Tony. Seu cabelo loiro bagunçado caído na testa, quase tocando seus lindos olhos azuis. Ele vestia uma camisa branca entreaberta, e toda vez eu tinha que me esforçar muito para não babar em sua pele exposta.

Mãos enfiadas nos bolsos da bermuda, ele apenas ficou ali e me olhou. Então, a boca se curvou no seu típico sorriso malicioso.

— O que foi, Liz? Eu sei que está morrendo de vontade de me abraçar.

Abri um enorme sorriso, que agora estava perfeitamente alinhado depois de usar aparelho por dois anos, e lhe dei o abraço de urso que esperava. Ele me arrastou para fora e me girou sob o sol quente, com meu rosto enterrado na curva de seu pescoço. Ah, ele tinha um cheiro tão bom, pele bronzeada e todo Tony. Nunca me cansava dessa marca especial.

— Como foi o acampamento? — perguntei, depois que ele me pôs no chão.

Ele zombou de mim, enrugando o nariz.

— Uma chatice sem você, de que outro jeito seria?

— Ah, tá! Até parece.

Para entender completamente, era preciso saber que, além dos biscoitos de queijo com maionese, futebol era o que Tony mais amava no mundo. Mas gostei de sua mentira e mostrei a língua para ele.

— Tenha bons modos, garota. Se você quer me beijar, é só dizer — brincou Tony. O rosto dele estava tão perto que seu nariz roçou o meu. Engoli a vontade de inclinar a cabeça e fazer exatamente isso. Só que eu sabia que ele estava me provocando de novo. Até agora, nunca nos beijamos. Normalmente, eu pegava no sono em seu quarto quando jogávamos videogame, ou ele dormia no meu quando os pais dele faziam viagens de negócios pelo estado. Ele me deixava descansar a cabeça em seu ombro, e até mexia distraidamente no meu cabelo. Mas um beijo? Não.

Eu ia fazer dezessete anos no final deste verão e começava a me sentir um pouco estranha porque ainda não tinha sido beijada. Mas ninguém além de Tony tocaria meus lábios, e se ele precisasse de mais alguns meses para perceber que também me queria, eu podia esperar.

— Escuta, quer ir à praia? Comprei este lindo biquíni e não o usei ainda. — Na expectativa do nosso reencontro, eu tinha colocado o biquíni verde-limão naquela manhã, e agora baixei a gola da camiseta rosa para provocá-lo com um vislumbre. Verde era sua cor favorita.

Ele rosnou como um jaguar, com um canto da boca elevado.

— Adoraria ver você quase nua, Matthews. — Apenas mais uma provocação, mas não importava. Arrepios percorreram minha pele. — Infelizmente, tenho que recusar. Vou encontrar alguns amigos do time no Charlie's.

Meus ombros murcharam.

— Sério? Você acabou de voltar, tem o quê, dez minutos? Já não viu os caras o suficiente no acampamento?

— Hunter quer discutir as seletivas de amanhã.

Fiz beicinho. Desde que Ryan Hunter se tornou o novo capitão do time de futebol da escola de Grover Beach, o tempo de treino de Tony havia dobrado. E mais treino significava menos tempo para ele ficar comigo. Eu detestava o Hunter.

— Anime-se, garota. Por que não vem junto? Você conhece a maioria dos caras mesmo, e vou te apresentar aos outros. Tenho certeza de que Hunter não vai se importar. — Ele não me deu chance de discutir, nem de trocar meus chinelos por sapatos mais apropriados. Segurando minha mão com firmeza, ele me puxou pelo caminho no nosso jardim da frente.

— Espera! Não estou com dinheiro.

— Não precisa. O refrigerante que você vai beber nas próximas duas horas não vai me levar à falência.

Puxei o cabelo para trás e o prendi com um elástico que estava no bolso enquanto caminhávamos pela Avenida Saratoga em direção à Cafeteria e Restaurante Charlie's.

Um grupo de garotos estava sentado em três mesas sob a sombra do telhado de madeira que se estendia sobre metade da área externa. Reconheci alguns deles do time de Tony. Sasha Torres, Stephan Jones, Alex Winter. O braço de Nick Andrews estava engessado. O acampamento de treino obviamente não passou sem suas cicatrizes de batalha.

Fiquei surpresa com o número de rostos femininos ali, no entanto.

— Que história é essa? — sussurrei para Tony, ainda a uma distância segura de sermos ouvidos. — Estão treinando junto com as garotas agora?

— Legal, né? Nós jogamos alguns jogos juntos em Santa Monica, e Hunter achou que seria divertido formar um time misto aqui também.

Algumas das garotas eu reconhecia, e até tinha aula de espanhol com Susan Miller. Mas várias delas, jurava que nunca tinha visto. Como aquela que se levantou quando nos aproximamos e beijou Tony na bochecha com seus lábios exageradamente pintados de vermelho brilhante.

— Está atrasado, Anthony. Cheguei a pensar que não viria.

Anthony? A única pessoa que já ouvi chamá-lo assim foi sua avó.

— Oi, Chloe — ele respondeu com uma voz estranhamente profunda que eu nunca tinha ouvido antes. Suas mãos pousaram em seus quadris. Ele inclinou a cabeça e permitiu que ela beijasse a outra face.

Ela piscou para ele e depois me lançou o olhar mais estranho que já recebi. O desprezo em seus olhos me fez sentir como se eu não estivesse à altura no departamento de moda e aparência, na opinião dela.

Meu olhar deslizou para o rosto de Tony. *Mas que diabos foi isso?* E, sério, ele não precisava babar nas suas longas e descaradas pernas quando ela voltou a se sentar e cruzou uma sobre a outra. Seu mini vestido branco deve ter encolhido na lavagem, porque algo vermelho brilhou por baixo.

Tony gritou nosso pedido para Charlie atrás do balcão. Uma *Coca-Cola* e um *Red Bull*. O *Red Bull* certamente não era para mim. E desde quando Tony começou a beber essas coisas horríveis? A "lábios vermelhos e vestido branco" também tinha uma latinha na frente dela. De repente, comecei a me sentir deslocada.

— Times de futebol mistos, hein? — resmunguei para Tony enquanto nos sentávamos; ele em frente a Chloe, e eu entre ele e Nick com o gesso.

— As seletivas são amanhã, Matthews. Posso te colocar na lista, se quiser — gritou Ryan Hunter para mim, seus olhos castanhos profundos brilhando com um ar de deboche.

O fato de ele saber meu nome me pegou de surpresa.

— Liz e futebol? — Tony riu ao meu lado. Isso doeu de um jeito estranho. — Seria o mesmo que tentar fazer um elefante dançar tango. Não é, Liz?

Lancei um olhar irritado e desgostoso para meu suposto melhor amigo. Ele nem percebeu quando o grupo inteiro se juntou à risada.

— Acertou em cheio na parte do elefante — comentou a Barbie para a ruiva ao lado dela, antes de me lançar um sorriso cruel.

Espera, como assim? Meu tamanho era perfeitamente PP. Meu um metro e sessenta e dois talvez parecesse modesto perto de sua estatura de um metro e oitenta e tantos, mas eu definitivamente não era gorda. Recolhi meu orgulho do chão e decidi que Tony pagaria mais tarde por fingir não ter ouvido aquilo. Durante todo o tempo em que fomos amigos, nunca permitiu que alguém me insultasse sem revidar. Bem, machucar o rosto de Chloe seria um pouco drástico, mas ele poderia ao menos ter dito algo em minha defesa.

Já que ele parecia ter esquecido como fazer isso, devolvi o sorriso falso ao clone da *Barbie*.

— Tentei vomitar minhas refeições no nono ano, mas isso parece ser mais a sua praia do que a minha.

A risada cessou e Tony engasgou com o *Red Bull* que estava bebendo enquanto o resto do grupo fingia estar imerso em conversas baixas. O único som, uma risada, veio da direção de Ryan Hunter.

Chloe me olhou franzindo a testa como se eu tivesse falado em outra língua.

— Você acabou de me insultar?

O engraçado é que ela parecia realmente estar falando sério. Olhei para o céu e bebi minha *Coca*.

Por sorte, Tony recebeu uma mensagem de sua mãe logo depois. A Sra. Mitchell esperava vê-lo novamente antes de ela e o marido partirem para uma viagem de dois dias. Tony olhou para meu copo de refrigerante e perguntou se eu queria ficar mais um pouco com o grupo.

Tomei o resto em três goles, já me levantando.

— Não. Já acabei.

Ele balançou a cabeça, mas sorriu e fez sinal para que eu passasse à frente.

— Vejo você amanhã, Anthony — cantarolou *Barbie*.

Ignorei o calor crescente do ciúme e resisti à vontade

de olhar para trás. Em vez disso, contei os passos até a saída. *Um, dois, três...*

— O que me diz, Matthews? — perguntou Ryan Hunter quando passei por ele. — Vai se juntar ao time ou não?

Parei, surpresa por ele estar falando sério. Meus olhos encontraram o sorriso fácil que ele me ofereceu.

— Eu...

As mãos de Tony nos meus ombros me empurraram gentilmente para frente.

— Você não devia provocá-la. Ela não nasceu para o futebol.

Meus pés travaram no chão. Não porque ele tentou me poupar de responder, mas pela gargalhada *dela* atrás de mim.

— Sabe de uma coisa? — Eu me virei para encarar Tony com um olhar firme. — Acho que vou tentar.

— Você está de brincadeira.

Isso não precisou de uma resposta, mas levantei as sobrancelhas para ele assim mesmo.

— Legal, então, está na lista. A gente se encontra às dez no campo.

Virei-me para o tom brincalhão de Hunter e lhe dei um sorriso cordial.

— Estarei lá.

Um boné lançou sombra sobre seu rosto enquanto

ele baixava o queixo, mas eu pude sentir seu olhar deslizar até onde meu short jeans terminava e, depois, viajar lentamente pelas minhas pernas expostas e voltar para cima.

— Traga tênis. — Ele sorriu e piscou para mim.

Isso causou um arrepio em minha nuca. Tony me empurrou para fora da cafeteria antes que eu pudesse entender o motivo.

Caminhamos a maior parte do trajeto em silêncio, até que estávamos quase em casa e eu explodi.

— Não acredito que você fez isso!

— O quê? — Ele me olhou, confuso, parecendo uma criança que teve o doce tirado.

— Você deixou aquela garota me insultar e não disse nada.

— Você tinha tudo sob controle. E ela não te insultou de verdade.

— Ah, é mesmo. Foi *você* que me insultou! Me chamou de elefante.

Tony segurou minha mão e me puxou com ele.

— Você sabe que não foi assim. Não vejo motivos para estar de birra agora. Você nunca gostou de futebol. Quando foi que isso mudou?

— Hoje. Agora eu *amo*.

— É, dá pra perceber. Tanto que você quer ser jogadora. — Ele revirou os olhos. — Por favor, me diga que não está fazendo isso por causa da Chloe.

Estou fazendo isso por você, idiota. Mas levaria mais do que uma tarde louca para admitir isso a ele. Apertei os dentes.

— Aquela garota pode entrar e se perder em seu armário cheio de vestidos da *Barbie* e nunca mais sair.

De repente, o braço dele estava em volta dos meus ombros, e ele me puxou para si enquanto caminhávamos.

— Se eu não te conhecesse bem, diria que está com ciúmes dela.

— Nós somos melhores amigos desde que saímos de nossas fraldas — resmunguei, um tanto consolada por seu abraço.

— E eu prometo que ainda seremos quando precisarmos delas outra vez. — Sua risada me contagiou. — Chloe é só uma garota que gosta de jogar futebol. Mas você é a única que conheço capaz de assistir *E.T.* sem se acabar em lágrimas.

Mesmo que houvesse uma clara nota de admiração, não pude evitar sentir um frio ao redor do coração pela maneira como ele disse isso. Como se eu fosse um dos rapazes e não uma garota delicada como a Chloe. Me afastei de seu abraço e soltei um bufo.

Tony ergueu as sobrancelhas.

— Que foi?

— Nada.

— Você está brava comigo?

— Não — resmunguei.

Ele esperou um momento, me olhando com ceticismo.

— Tá. Esse é um daqueles momentos em que você diz *não*, mas, na verdade, quer dizer *sim*?

Mais um bufo.

— Não.

Ele levou as mãos ao rosto e, depois, as arrastou para baixo, olhando para o céu como se buscasse paciência.

— Você sabe que eu não sei falar esse idioma. Me diz logo o que você tem.

— Não tenho nada!

Subi correndo para minha casa, batendo a porta atrás de mim.

Capítulo 2

Às nove e meia da manhã seguinte, atendi a porta e encontrei Tony esperando. Mãos apoiadas no batente da porta e cabeça inclinada para baixo, ele me lançou um sorriso tímido ao olhar para mim sob aqueles cílios incrivelmente lindos.

— Ainda está brava?

Engoli em seco. O discurso interminável que eu havia preparado para ele na noite anterior – incluindo palavras como ignorante, idiota e babaca – evaporou da minha mente.

— Nunca mais me chame de elefante. — Foi o que saiu em um resmungo abafado.

— Prometo. — O bobo fez beicinho e até jurou, beijando os dedos e fazendo o sinal da cruz sobre a boca.

Eu sorri.

— Estamos bem, então.

A bicicleta verde metalizada de Tony estava encostada na nossa cerca de madeira baixa. Peguei a minha do quartinho de bagunça e pedalamos juntos para o campo de futebol do colégio. Cerca de cinquenta garotas e garotos do primeiro ao último ano reuniam-se em frente a uma das traves do gol. Alguém estava distribuindo números quando nos juntamos a eles. Já sendo um membro do time, Tony não precisou participar das seletivas. Mas eu entrei na fila para pegar o meu.

— Quarenta e sete... Matthews — gritou Ryan Hunter para Susan Miller, que anotava os nomes em uma lista. Ele me entregou o adesivo, que eu deveria colocar no peito, e sorriu. Até aquele momento, não tinha visto Ryan sem seu boné, exceto em raras ocasiões, e sempre de longe. Mas hoje, o sol refletia em seu cabelo escuro, que caía de maneira sedutora sobre a testa, conferindo-lhe um ar totalmente novo. Sua boa aparência inesperada me deixou desprevenida, e ele notou meu olhar fixo. Seu tom neutro mudou para um ronronar dissimulado. — Boa sorte, Matthews.

Quando todos pegaram seus números, ele elevou a voz acima do burburinho das pessoas.

— Tá legal, pessoal. Para um pequeno aquecimento, quero que corram três voltas pelo campo e voltem para cá.

O pânico me gelou por dentro.

— Ele está de brincadeira? Três voltas?

— Não me diga que já se arrepende de tentar entrar para o time.

Detestei a risada de "eu avisei" de Tony enquanto ele me puxava pelo gramado aparado e começava a correr ao meu lado. Engolindo minha resposta, tentei acompanhar seu ritmo – impossível, claro, quando um de seus passos valia dois dos meus.

Merda, uma volta parecia ter dezesseis quilômetros. Que se danem Hunter e seu aquecimento. Quando terminei, desabei na grama, ouvindo apenas minha respiração ofegante. Graças a Deus, tive a chance de recuperar o fôlego enquanto quarenta e seis candidatos tentavam fazer gols antes da minha vez.

Tony me trouxe um pouco de água do *cooler* enquanto eu jazia feito um sapo morto por vários minutos. Minha boca e garganta estavam secas. Quando ele se aproximou, sua sombra foi um alívio bem-vindo do sol. Eu me sentei, ansiosa pelo copo d'água que ele estendia para mim.

Mas ao pegar o copo de plástico, fiquei decepcionada.

— Só isso? — Segurei o pouco de água naquele copo contra o sol, virando-o de um lado para o outro, esperando que por milagre se transformasse em mais. — Tem algo muito errado com a sua cabeça.

— De maneira alguma. — Ele gargalhou. — Mas como você quase não dá conta de respirar depois dessa pequena corrida, mais água te faria passar mal. Na verdade, seria melhor se você só molhasse a boca e cuspisse.

Eu dei um sorriso de desdém.

— Posso cuspir na sua cara? — Sem esperar por sua resposta, bebi a pouca água que ele me ofereceu. O gole evaporou na língua num instante.

— Matthews! Sua vez! — Era Hunter, e quando me virei em sua direção, a bola de futebol veio voando em minha direção. Graças aos meus reflexos incríveis, consegui pegá-la antes que atingisse meu estômago revirado. Tony me ajudou a levantar e me deu rápidas instruções sobre como chutar a bola para obter um melhor impacto.

Ah, tá! Como se eu realmente estivesse interessada nisso. Posicionei a bola no chão e a chutei em direção a Frederickson, que estava no gol. A bola caiu no gramado vários metros à sua frente, depois rolou calmamente como se estivesse em um passeio relaxante antes de tocar a chuteira esquerda dele.

Minha expressão para Tony estava cheia de falso entusiasmo.

— Ei, quem diria, mandei na direção certa.

— Ah, qual é, Matthews. — Ryan veio ao meu encontro com a bola debaixo do braço. — Já te vi chutar com mais força que isso.

Desanimada e exausta, eu estava quase me dando

por vencida, mas quando ele me estendeu a bola, seus lábios formaram um sorriso de deboche, o que me instigou a provar que ele estava errado. Aceitei o desafio.

Ele posicionou a bola à minha frente, mas depois me instruiu a dar vários passos para trás.

— Agora, dê uma corrida curta e coloque um pouco mais de força no impulso.

— Ah, não, não deixe que ele me obrigue a fazer isso — implorei a Tony, agarrando sua camiseta, cada vez mais aterrorizada. — Nós dois sabemos que vou acabar tropeçando nessa coisa.

Os meninos riram e Tony soltou meus dedos de sua camiseta.

— Não, não vai. Seguinte, se você acertar Frederickson bem no peito, eu compro um *sundae* de chocolate para você. Combinado?

Sundae? Bem, com o incentivo certo...

— Combinado. — Avancei e chutei com força, mirando no ruivo que defendia o gol. A bola foi direto para os braços de Frederickson.

— Muito bem! — Ryan me elogiou. Em seguida, voltou para a pequena mesa onde Susan estava anotando os nomes e chamou Cynthia Ramirez para tentar seu chute.

Indescritivelmente orgulhosa, virei um rosto sorridente para Tony. Mas meu sorriso se desfez assim que vi a garota *Barbie* parada ao lado dele.

Mãos entrelaçadas atrás das costas, ela batia os pés no chão diante dele. Os seios tão empinados que pareciam capazes de perfurar o coração dele.

— Vai na festa do Hunter mais tarde? — ela perguntou com uma voz tão doce que me deu náuseas.

Engoli em seco. As festas de Ryan Hunter eram lendárias. Eu só conhecia por fofocas da escola, claro, mas diziam que seu pai era amigo do Delegado Berkley, então Ryan podia deixar a música alta a noite toda. A cerveja era abundante e ele até tinha uma mesa de sinuca. A única vez que estive perto da casa dele foi quando passamos de carro a caminho da biblioteca, mas parecia grande o suficiente para ter vários cômodos. Conseguir um convite para uma dessas festas era sinônimo de popularidade.

Não que eu desejasse me misturar com gente como Chloe – eca. Mas Tony frequentava essas festas e nunca me contou o que acontecia atrás daquelas portas fechadas. Isso só aumentou minha curiosidade.

Ele iria esta noite, com certeza. E saber que a clone da *Barbie* estaria lá também gelou meu coração. Mantive uma expressão indiferente, quando na verdade queria gritar, e me arrastei até o *cooler* para beber algo mais substancial que aquele gole de água que Tony me trouxe depois do aquecimento.

A tarde arrastou-se com mais exercícios que envolviam trocar passes de bola para frente e para trás, driblar em ziguezague pelo campo com chutes curtos, e, finalmente, uma competição de quantas embaixadinhas alguém poderia fazer sem deixar a bola cair. Consegui realizar quase incríveis duas e meia embaixadinhas.

E isso bastou para mim. Já tinha tido o suficiente de futebol. Que a bola fosse para o inferno e os jogadores morressem de sede. Não me importava mais se seria selecionada para o time ou não. Jogar bola sob o sol escaldante era pura loucura.

Enxuguei o suor do rosto com a toalha que Tony me emprestou, guardei-a de volta na mochila e saí pisando forte.

— Aonde pensa que vai?

— Pra casa.

Tony me alcançou rapidamente.

— Você não pode ir agora! Ryan ainda não anunciou os novos integrantes do time.

— Não estou nem aí.

Ele passou o braço pelos meus ombros e usou o meu ímpeto para nos guiar na direção contrária.

— Não quer saber se está no time?

Tentei me desvencilhar dele, olhando-o seriamente.

— Não.

— Onde está sua coragem?

— Onde foi parar a sua *visão*? — Eu parei de

andar. — Você viu como sou uma péssima jogadora.

— Ah, eu já vi piores. Na verdade, estou muito orgulhoso de você. Essa foi a primeira vez que entrou em contato com uma bola de futebol e quase marcou um gol na segunda tentativa. Tudo que precisa é treinar um pouco.

Achei difícil de acreditar, porém, a expressão em seus olhos me dizia algo diferente. Ele estava dizendo a verdade. Confusa, eu o olhei de canto de olho. Infelizmente, Chloe apareceu na minha vista quando veio pulando para nós, parecendo a fada do dente. Seus dedos com unhas perfeitamente pintadas envolveram os bíceps de Tony enquanto ela saltitava na frente dele.

— Vem, rápido. Hunter vai dizer quem são os jogadores em um minuto. Ele já me disse que eu estou no time.

— Não estou surpreso. — Tony deixou que ela o puxasse para longe de mim. — Você provou no acampamento que nasceu para o futebol.

— Só para o futebol? — Ela piscou para ele e correu adiante.

Meus molares sofreram com o forte ranger que dei. O negócio era o seguinte: eu precisava me tornar um membro desse time, muito mesmo. De que outro jeito eu seria capaz de me defender dessa piranha?

Ryan Hunter segurava uma lista quando se posicionou diante de todos, que aguardavam ansiosos.

— Precisamos de onze novos jogadores. Vou chamar os nomes daqueles que entraram no time. Se o seu está entre eles, bom trabalho. Se não, peço desculpas, mas espero que tente novamente ano que vem. Todos vocês demonstraram grande entusiasmo hoje. — Ele limpou a garganta e listou os novos jogadores. — Stevenson. Jones. Summers...

Já que *Barbie* e sua amiga pularam, agora sabia o sobrenome dela.

— ... Smith. Jackson. Daniels. Hollister. McNeal. Miller. Matthews. E Warren.

Meu queixo caiu. Virei-me para Tony.

— Ele acabou de dizer Matthews?

— Acredito que sim. — Seu sorriso bobo me fez querer enfiar um pouco de seriedade em seu rosto.

— Vou jogar?

— Vai. — Ele riu. — Agora, vamos pegar suas coisas. Devo-lhe um *sundae*.

Eu realmente consegui, e ele me devia um *sundae*. Que dia incrível! Corri para o banco e joguei minha mochila sobre o ombro. Com certeza, eu exibia o sorriso mais bobo do mundo. No entanto, ele desapareceu quando a palavra *devo* começou a ecoar na minha cabeça. E se Tony tivesse pedido a Ryan para me incluir no time, mesmo sabendo que eu era uma jogadora horrível? A ideia de depender da compaixão de Hunter me deixou extremamente desconfortável.

Eu tinha que descobrir, e faria Tony confessar – mesmo que isso significasse ameaçar destruir todo o seu estoque de biscoitos de queijo de seis meses, que ele escondia debaixo da cama.

Quando me virei rapidamente, esbarrei em Ryan.

— Parabéns, Matthews — ele me congratulou. — Você foi muito bem na seletiva.

— Sim, tanto faz. — Puta da vida com algo que eu ainda não tinha provas, passei por ele, mas depois parei. — O que Tony deve a você por me colocar no time?

Por um momento, ele pareceu confuso. Então, soltou uma gargalhada.

— Você não vai querer saber.

Apertei a alça da mochila. Claro que eu queria saber.

Virando-se para ir embora, ele olhou por cima do ombro com um brilho travesso nos olhos.

— Te vejo na minha casa, Matthews.

Caramba. Ele acabou de me convidar para a festa na casa dele?

<h1 style="text-align:center">Capítulo 3</h1>

O sundae estava delicioso, e Tony também, que saboreava o sorvete de baunilha da colher. Não consegui desviar os olhos de seus lábios durante todo o tempo que ficamos no Charlie's. Infelizmente, o rapaz parecia uma fortaleza. Inexpugnável. Ele se recusou a me contar o que teve que dar a Ryan para me deixar jogar no time. Bem, na verdade, ele disse que não devia nada a Hunter, mas eu não acreditei.

Às oito e meia da noite, Tony me buscou em casa e nos levou para a festa de Ryan no carro de sua mãe. Eu não tinha ideia do que as pessoas usavam nessas festas, mas como ainda estava mais de 15 graus à noite – o que não é raro no norte da Califórnia em agosto – optei por uma blusa cinza escura e calça preta. Pelo sorriso que recebi de Tony, supus que tinha escolhido a roupa adequada.

Quando chegamos à rua da mansão de Hunter, uma longa fila de carros mostrou o quão grande era a festa. Tony pareceu desinteressado e estacionou o carro, conseguindo um lugar na esquina, enquanto eu mal conseguia fechar a boca.

— Quantos convidados ele está esperando?

— Não sei. Geralmente, são de cem a cento e cinquenta. Se seus pais estiverem fora, o número pode chegar a trezentos.

Nossa, eu nem conhecia tanta gente assim se somasse todos os meus amigos, família e seus animais. Caminhamos até a entrada e subimos os degraus de mármore até a porta com o teto arqueado. A música vibrava através da madeira, então, percebemos que não precisava tocar a campainha. Tony girou a maçaneta e a abriu com facilidade.

A música *She Doesn't Mind*, de Sean Paul, tocava nas muitas caixas de som ao entrarmos. Corpos se esbarravam e se roçavam uns nos outros em movimentos sensuais que eu só tinha visto em filmes. Vários rapazes gritavam, falando sobre o barulho, e bebiam cerveja das *long necks* enquanto apalpavam as garotas que estavam com eles. Algumas pessoas se beijavam sob a luz tênue.

Eu me segurei no bíceps reconfortante de Tony.

— Nossa, não me deixe sozinha neste lugar.

Ele riu, ou foi o que imaginei quando seu peito

vibrou um pouco, pois realmente não dava para ouvi-lo. Mas seu braço apertou minha mão contra o corpo dele, conforme me guiava através do mar de gente. Nem todos eram jovens. Parecia que Hunter também tinha muitos amigos mais velhos, variando dos dezesseis aos vinte e cinco anos.

Um grupo de garotas da minha turma de história estava no meio da sala. Simone Simpkins agarrou meu braço quando passamos por elas. Tive que ler seus lábios para entender que ela queria que eu ficasse com elas.

— Vou pegar algo para você beber — gritou Tony no meu ouvido.

Concordei com a cabeça e o vi se afastar com um nervosismo estranho no estômago. E se ele não conseguisse encontrar o caminho de volta até mim neste lugar infernal? A distância que ele criou entre nós foi rapidamente preenchida pela multidão de desconhecidos. Droga, eu não deveria ter deixado ele ir.

Voltando-me para as meninas, tentei me inserir na conversa, mas na maior parte do tempo apenas fiquei parada, acenando com a cabeça e fingindo compreender o que diziam. Simone me ofereceu uma garrafa de *Corona* quando Tony não retornou após dez minutos. Com a sede provocada pelo calor do ambiente, qualquer bebida refrescante era bem-vinda. Umedeci os lábios com a cerveja e os lambi em seguida. Bem, não era tão ruim assim. Tomei um gole maior. Um tanto amarga, mas razoavelmente saborosa. Já havia consumido metade da garrafa quando comecei a sentir minha cabeça levemente tonta.

Do outro lado da sala, pensei ter visto Tony. Eu me despedi das garotas e fui na direção dos fundos. Tinha menos pessoas por lá, e eu realmente podia me mexer sem me esfregar no suor dos outros. Mas Tony não estava em lugar nenhum.

Um amplo arco na parede conectava a sala à cozinha. Dirigi-me para lá e vi Ryan encostado na porta, com um ombro apoiado na parede. As mangas de sua camisa preta estavam arregaçadas até os cotovelos, e a calça jeans que vestia tinha a barra desfiada. O preto era uma cor que eu não gostava em Tony, dava a ele um ar demasiado sombrio. Com Ryan, era diferente. Os botões de cima desabotoados, ele parecia misterioso. Meio sexy. Ele parecendo o diabo ficava legal. Seu olhar deslizou em minha direção e se fixou enquanto tomava um gole de sua cerveja, observando-me enquanto me aproximava.

Seria extremamente indelicado não cumprimentar o anfitrião, então parei diante dele e levantei a mão, acenando. A música aqui não estava tão alta, e consegui ouvir claramente seu cumprimento.

— Sua casa é bacana. Tão cheia de... gente — disse, sentindo-me deslocada e um tanto tola por não saber como iniciar uma conversa interessante.

— É, obrigado. — Ele desencostou-se da parede e se

aproximou um pouco mais, permitindo que eu o ouvisse melhor. — Já estava na hora de Mitchell te trazer aqui. Ele te manteve longe deste lugar por tempo demais.

Oi? Franzi a testa. Será que era por causa de *Tony* que eu ainda não tinha sido convidada para nenhuma festa de Ryan? Que sacana. Mas ele provavelmente imaginou que eu não me sentiria à vontade em meio a tanta bebedeira e barulho. Eu, a idiota que era, provei seu ponto de vista no segundo em que chegamos aqui, agarrando-me ao braço dele feito um gato assustado.

— Você sabe onde ele está? — perguntei, inclinando-me em direção ao ouvido de Ryan, aliviada por não ter que elevar a voz e desgastar mais minhas cordas vocais.

— Não. — Ele deu mais um gole em sua cerveja.

Suspirei e bebi um pouco mais da minha, já não a apreciando tanto. Fiz uma careta. Ryan subitamente segurou meu pulso e me guiou para a cozinha. Colocou sua cerveja sobre o balcão, abriu uma lata de refrigerante, depois pegou a garrafa de cerveja da minha mão e a substituiu pelo refrigerante, fechando meus dedos ao redor da lata.

— Você não deveria beber cerveja — falou ele, num tom grave. — Principalmente não neste lugar.

Realmente, eu não queria acabar como algumas das outras garotas bêbadas, manipuladas facilmente. Agradeci pelo refrigerante, limpando o gosto amargo da

Corona da minha boca.

— Você foi muito bem hoje. — Um sorriso deslizou em seus lábios.

— Eu fui péssima. E você sabe disso. Ainda não entendi por que me escolheu para jogar no seu time.

Ele deu de ombros e bebeu da minha garrafa agora abandonada.

— Não sei. Talvez eu só queira você por perto.

Nossa, a provocação em sua voz fez os pelos dos meus braços se arrepiarem.

— Treine um pouco todos os dias para aumentar sua resistência e você será uma jogadora hábil.

Eu sempre fui péssima nos esportes. Até tentei correr algumas manhãs no início deste verão para melhorar minha forma física, mas não funcionou para mim. Oitocentos metros era o máximo que conseguia correr antes de voltar para casa, ofegante e frustrada.

— Acho que não tenho motivação para fazer isso. Sou igual a um pato manco correndo.

— O que você precisa é de um *personal trainer*.

Isso me fez rir.

— Quer o trabalho?

Ryan franziu os lábios e me avaliou por um momento, como se eu tivesse acabado de lhe fazer uma oferta generosa por um trabalho desagradável. Ele deu de ombros.

— Claro, por que não? Se me prometer demonstrar algum entusiasmo, prometo estar presente.

Aquilo soou como uma proposta tentadora. Afinal, eu precisava melhorar minha resistência se quisesse aguentar um jogo inteiro de futebol. Definitivamente não queria dar mais munição para a Loira usar contra mim, especialmente se eu desabasse depois do primeiro tempo. Sua satisfação me destruiria. E Tony precisava ver que eu era capaz de mais do que apenas jogar videogames tolos com ele.

É, treinamento, aí vamos nós.

E o mais estranho é que, pensar em ter Hunter como meu treinador, causou um arrepio de expectativa em meu corpo. Ele era o capitão do time de futebol. Parecia ser uma honra ser treinada pessoalmente por ele, e isso certamente elevaria meu status na escola de normal para incrivelmente popular.

— Tá bom, combinado.

Ele me deu um aceno lento de cabeça.

— Vamos começar na segunda de manhã.

Ótimo. Isso significava que o suicídio foi adiado por mais um dia. Seu olhar fixo no meu prometia que eu não me arrependeria completamente da minha decisão.

Alguém chamou seu nome atrás de mim.

— Estamos começando um jogo de sinuca. Vai jogar?

Ryan se afastou do balcão.

— Já estou indo. — Então, ele deslizou a boca fria de sua garrafa de cerveja pela minha bochecha. — Aproveite a noite. E faça o que fizer, mantenha distância dos morangos.

Sem palavras, fiquei parada no lugar enquanto ele passava por mim e se afastava, rindo.

Engoli um grande gole de refrigerante para me refrescar. Susan Miller entrou naquele momento. O rosto dela se iluminou ao me ver. Ela se aproximou rapidamente.

— Oi, olhe quem está aqui! Agora nós duas estamos no time. E sinceramente... — Ela fez uma pausa, olhando de um lado para o outro para verificar se estávamos sozinhas na cozinha. Sua voz também baixou. — Nunca vi casa mais bonita que esta. Eu queria vir nas festas de Hunter há muito tempo, mas ele nunca reparou em mim na escola. Acho que nem meu nome ele sabia até que eu disse a ele nas seletivas.

Sim, eu também. Ou era o que eu pensava até ontem, quando descobri que ele realmente sabia meu nome.

— Você vai usar suas roupas de academia para treinar ou vai conseguir um uniforme oficial de futebol? — Susan parecia tão animada que eu não pude deixar de compartilhar seu entusiasmo. Que garota jogaria futebol voluntariamente? Bem, a não ser que houvesse um rapaz no time que ela quisesse impressionar de qualquer maneira.

Dei de ombros.

— Não faço ideia. Acho que vou começar com o que tenho. Só com short e camiseta. Qualquer outra coisa é muito cara para comprar com minha mesada. — E sem chance de eu usar aquelas chuteiras horríveis com cravos nas solas. Mas a roupa, na verdade, era o de menos para mim. — Escuta, você viu o Tony por aí hoje à noite?

— Não depois que você entrou com ele mais cedo. Por quê?

— Não o vi depois. Queria saber onde ele está. — Joguei minha lata de refrigerante vazia no lixo e fiz uma expressão de arrependimento. — Você se importa se eu for procurar por ele?

Susan era legal.

— Vai lá! Eu te encontro mais tarde.

Voltei para o corredor e vaguei pela sala, na esperança de encontrar o Tony em algum lugar. Mas a multidão apertada e encharcada de suor rapidamente me deixou ansiosa, então me mantive mais próxima das paredes. Ao chegar a um arco que levava a outra sala, espreitei para dentro. Nenhum loiro à vista. Meus ombros caíram, desapontada. Mas então, alguns rapazes se afastaram, e avistei uma mesa de sinuca com alguém inclinado sobre ela numa postura elegante.

A essa altura, eu já estava expert em reconhecer o cabelo preto do Hunter.

Ele posicionou o taco sobre o feltro verde, mirando a

ponta na bola branca. Algumas bolas coloridas estavam espalhadas pela mesa, mas, pelo que pareceu, o alvo dele era a bola preta número oito.

— Qual é, Ryan, dê uma chance para o amigo. Não pode encaçapar a bola agora.

Virei para a esquerda para ver quem rogava a Hunter. Não sabia o nome do rapaz alto, mas a expressão em seu rosto era impagável. Alguém poderia pensar que sua vida dependia do sucesso ou fracasso de Ryan.

— Qual é o seu problema, Justin? — Ainda ajustando o taco cuidadosamente, Hunter sorriu. — Com medo de que sua mãe descubra que está jogando por dinheiro?

Foi quando percebi a pilha de dinheiro na beirada da mesa. Parecia haver cerca de cem dólares no pote. Fiquei pasma. Cinquenta de cada? Eu não conseguia juntar metade disso em um mês.

— Minha mãe não tá nem aí. Mas eu preciso *muito, muito mesmo*, desse quadrinho do *Homem-Aranha*. É original — choramingou Justin.

Senti pena dele. Curiosa para ver como o jogo terminaria, contornei a parede e me posicionei para observar Hunter do outro lado da sala. Seus olhos estreitados e sobrancelhas franzidas mostravam o quão concentrado ele estava. O taco recuou apenas um pouco. Ele estava prestes a efetuar a tacada.

Mas então, seus olhos escuros se ergueram... e se fixaram em mim. Seu corpo congelou, apenas seu peito se movendo com a respiração. Cabeças se viraram na minha direção. Meu coração acelerou e, sob todos aqueles olhares, senti minhas bochechas esquentarem de vergonha.

Franzi a testa.

— Aconteceu alguma coisa?

Ryan não respondeu, mas a comemoração de Justin ecoou pelo ar enquanto ele corria até mim. Ele passou um braço pelos meus ombros, sorrindo feito um louco.

— Você acabou de salvar minha vida, querida.

— Ah... *mesmo.* — Meu olhar voltou para Hunter. — E de que jeito?

Ele começou a sorrir também, mas seu sorriso não tinha a alegria do rapaz ao meu lado. Mais como se ele soubesse que algo ruim estava prestes a acontecer.

— Ele não consegue jogar quando alguém está olhando para ele — Justin quase cantou no meu ouvido. — Um fiasco, ferra com tudo.

— Mas vocês *todos* estão vendo-o jogar — ressaltei.

No fundo da sala, alguém riu.

— Sim, mas não somos garotas.

Rindo, Hunter se endireitou e passou giz na ponta do taco, os lábios pressionados, os olhos fixos em mim. Embora o fato de eu estar ali o divertisse, obviamente, eu não queria atrapalhá-lo, ainda mais com dinheiro em jogo.

— Desculpe — gaguejei. — Então, vou sair e deixá-los à vontade.

— Uh-uh, sem chance, querida! — O braço de Justin continuou firme ao redor dos meus ombros. — Você é minha garantia para conseguir aquele quadrinho. Você fica.

Suas brincadeiras me fizeram sorrir, apesar de me sentir meio traidora.

Ryan, que havia permanecido em silêncio até então, deslizou a língua pelo lábio inferior, e então, o canto da sua boca se ergueu levemente. Ele respirou fundo e se inclinou sobre a mesa novamente. O silêncio se instalou. Justin cruzou os dedos ao lado do meu rosto, claramente torcendo pelo erro de Hunter.

Nunca imaginei que uma única tacada pudesse gerar tanta tensão em uma sala inteira. Incluindo eu. Ryan pigarreou, alternando seu olhar entre mim e a bola branca. De repente, ele apoiou a testa na borda da mesa e soltou uma risada.

— Pegue seu dinheiro, Andrews. Eu desisto.

A sala explodiu em celebração, como se algo inimaginável tivesse acontecido. Justin me deu um beijo no rosto e correu para pegar o dinheiro. Fiquei parada, surpresa, olhando para Ryan, que agora apoiava as mãos na mesa, de cabeça baixa. Mas, ao levantar o olhar, havia um brilho de diversão em seus olhos novamente.

— Desculpa — murmurei, nem mesmo tentando levantar a voz por cima da celebração dos caras.

— *Você* está proibida de entrar nesta sala — ele murmurou de volta, um sorriso brincando em seus lábios. Então, contornou a mesa, aproximando-se lentamente, medindo cada passo em minha direção. Recuei um pouco mais contra a parede, agradecendo pelo ar frio que passava pela blusa.

Ele parou bem à minha frente, o taco numa mão e a outra apoiada na parede ao lado da minha cabeça.

— Você acabou de me custar cinquenta dólares — falou lentamente, ainda sorrindo.

— É, eu sei. — Mostrei uma expressão de culpa. — Mas ele realmente queria *muito* aquele quadrinho.

Isso o fez rir.

— Aliando-se com o inimigo. Eu deveria ter imaginado. — Com a mão em minhas costas, ele me guiou de volta pelo arco para o corredor principal. — Hoje à noite, esta sala está fora dos limites para você.

— Ah, é? Por quê? — Fiz um bico, brincando, olhando em seus olhos cheios de travessura. — É divertido demais ver você se atrapalhar.

Ele manteve o sorriso enquanto se inclinava um pouco mais perto.

— Anda, vai logo.

Capítulo 4

Acenei para Hunter e deixei os rapazes jogando. Era hora de encontrar Tony. Mas achar alguém em um lugar lotado com duzentas pessoas era como procurar uma agulha no palheiro. A parte boa foi que encontrei alguns amigos e Megan Johnson me apresentou ao irmão mais velho dela e alguns dos amigos dele. Um deles se ofereceu para me buscar outra bebida. Quando sugeriu *Corona*, eu disse que não bebia álcool.

— Suco então?

— Pode ser.

Ele voltou com um refrigerante frutado em um copo com um canudo. Usando um chapéu, ele me lembrou um pouco o Bruno Mars. Ele foi um ótimo parceiro de conversa durante a próxima hora, durante a qual ele encheu meu copo mais três vezes. Eventualmente, eu conseguia ver seus lábios se movendo, mas não conseguia entender o que dizia. Também senti necessidade de franzir a testa frequentemente e me apoiar na parede, pois o quarto parecia começar a girar.

— Você está bem? — ele perguntou.

O cara do chapéu. Ele me falou o nome dele? E quando seu irmão gêmeo apareceu? O gêmeo aparecia e desaparecia. Algo estava realmente estranho. Esfreguei a testa.

— Não tenho tanta certeza — respondi, lutando para articular as palavras. Falei mais devagar, caso ele estivesse tendo a mesma dificuldade em entender.

De repente, o mundo girou e eu me vi em seus braços.

— Caramba, garota, você falou a verdade quando disse que não bebia, né?

Sorri para ele, bem perto. Eu tinha sido sincera. Por que ele pensaria que eu mentiria? Peguei seu chapéu e coloquei na minha cabeça.

— Minha vez de ser Bruno um pouco.

— Ei, o que está acontecendo aqui?

— Tony? — Minha voz se iluminou ao tentar identificar de onde vinha a sua voz. Então, ele estava logo atrás de mim, me tirando dos braços do Sr. Mars sem chapéu. Virei-me nos braços de Tony e sorri para o seu rosto visivelmente preocupado.

— Onde você esteve a noite toda? Eu tentei tanto te encontrar.

— Onde você me procurou? No fundo do copo de bebida?

Decidi que não precisava entender aquilo e deixei-o me levar para os fundos da casa, para a cozinha.

— Ops — disse eu, com a voz arrastada e um sorriso bobo quando ele me agarrou pela cintura e me sentou no balcão. Ele normalmente era mais alto do que eu, mas sentada ali, estávamos frente a frente, o que me agradou bastante. Ele tinha olhos azuis lindos.

Com as mãos firmemente ao lado dos meus quadris, ele se posicionou entre minhas pernas balançando. Essa posição desajeitada fez meu cérebro parar de funcionar e me excitou mais do que deveria. Inclinei-me para a frente e encostei minha testa na dele, sorrindo ao olhar dentro daquelas pedras preciosas azul-safira.

Tony riu, mas não era sua risada normal e despreocupada. Ele me ajeitou no balcão.

— Quantas bebidas você tomou?

— Ei, por que está tão preocupado?

— *Quantas*, Liza?

Não gostando do seu tom autoritário, respirei fundo, afastando a franja dos olhos.

— Teve aquela metade da garrafa de cerveja e um pouco de soda. Um... ou quatro... copos... acho.

— Soda?

— A soda frutada.

— Merda. — Ele voltou a rir. Parecia nervoso. — Sua mãe vai me estrangular se eu te levar pra casa bêbada desse jeito.

— Não estou bêbada — argumentei. — Você sabe que eu não bebo ál...*cuhu.*

Quando uma certa piranha saltitante entrou na cozinha parecendo uma corça em um campo de calêndulas, pensei que ia vomitar. Ela me ignorou completamente e lançou a Tony um sorriso sedutor que revirou meu estômago.

— Anthony, você prometeu dançar comigo.

— *Anthony, você prometeu dançar comigo* — repeti, imitando uma criança de três anos.

Isso chamou sua atenção para mim.

— O que *ela* tem?

— Ela só bebeu um pouco demais de soda. Daqui a pouco eu vou lá com você.

Ele ia dançar com a Chloe? *Não!* Queria dizer a Tony que ele não podia, mas uma súbita letargia me dominou, fazendo-me encostar a cabeça em seu ombro.

— Estou tão cansada. Podemos ir para casa?

— Ah, qual é, Anthony. Você não vai embora agora. São só onze horas. — Como eu detestava a voz da *Barbie.* — Leve-a para um dos quartos de hóspedes do Hunter. Ela pode dormir lá.

— E não te incomodar mais? — consegui murmurar, inclinando a cabeça em sua direção, mas incapaz de abrir os olhos. Seu suspiro de irritação não me afetou.

— Você não vai querer fazer isso. — Parecia que outra pessoa se juntou à conversa. Hunter. Mas sobre o que ele estava falando? — No estado em que ela está, não está segura em nenhum dos quartos de hóspedes. Você sabe o que acontece nas festas conforme a noite avança. Leve-a para o meu quarto.

— O quê? — Tony e eu exclamamos juntos. Eu me endireitei e arregalei os olhos. A ideia de dormir no quarto de Ryan Hunter me deixou terrivelmente assustada. Mas o motivo da agitação de Tony eu não conseguia compreender.

Ryan revirou os olhos. Hmm, *sexy*. Ele sabia fazer isso muito bem.

— Não sejam ridículos, pessoal. Ela vai acordar e ir embora antes mesmo de eu subir.

Houve uma pausa tensa.

— Droga, faça isso, Anthony, e volte logo. — *Barbie*. Tony fechou a boca firmemente.

O que ele deveria fazer mesmo? Eu não conseguia me lembrar.

— Vamos, Liz. — Ele me ajudou a descer do balcão e me guiou até a porta. Mas, de repente, perdi o controle dos meus pés e tropecei de lado, esbarrando em algo frio e brilhante.

— Desculpe — murmurei para a geladeira.

Ryan me segurou antes que eu pudesse esbarrar em mais algum item da cozinha.

— Eu não te disse para ficar longe dos morangos? — sussurrou ele no meu ouvido.

— Morangos? Tinha um na minha última soda. — Sorri. — Estava gostoso.

— Gostoso, sei. — Ele riu, me pegando no colo. — Vou levá-la para o meu quarto, Mitchell. Você pode buscá-la quando for embora. Ou pode voltar para pegá-la de manhã.

— Tem certeza? — Lá estava de novo, a voz preocupada de Tony.

— Sim. Vá dançar com a Chloe ou ela vai me encher o saco depois.

A música diminuiu enquanto Ryan subia as escadas comigo. Passei os braços ao redor do seu pescoço e apoiei a cabeça em seu ombro.

— Você não gosta de dançar com a Chloe? — murmurei.

Ele soltou uma risada.

— Você gostaria?

— Eu não gosto dela, ponto final.

— E eu sei exatamente o porquê.

— É mesmo? — Respirei fundo, inalando sua loção pós-barba misturada com o cheiro da pele aquecida. —

Seu cheiro é bom.

Por alguma razão, isso o fez rir.

— Hora de ir para a cama, Matthews.

Ele abriu uma porta e me colocou gentilmente sobre um colchão macio. O travesseiro exalava o mesmo aroma almiscarado presente em Ryan. Suspirei profundamente.

Ele retirou meus sapatos e cobriu minhas pernas com um cobertor.

— Você está confortável?

— Não sei. Mas você pode ver se nasceram hélices de helicóptero na minha cabeça?

Com os olhos fechados, senti sua mão acariciando meu cabelo.

— Vai desaparecer quando você dormir. Se precisar de alguma coisa, o interruptor da luz está bem na frente do seu nariz e o banheiro é a próxima porta à esquerda. — Ele pausou. — Você me ouviu?

— Luz, nariz. Banheiro, à esquerda. Entendi. — Fiz um sinal positivo com os polegares, o sono já me pegando. — Hunter?

— Hum?

— Sinto muito pelo jogo de sinuca.

Ele riu.

— Durma bem, princesa.

Algo acariciou minha bochecha suavemente. Eram dedos? Não consegui discernir, me afundando no mundo dos sonhos.

Uma porta se fechou. Ergui-me bruscamente, encontrando-me no meio de uma cama, num quarto banhado pela luz da lua, que eu não reconhecia. A figura de pé à minha frente parecia vagamente familiar.

— Hunter?

— Ainda está aqui? — Ryan gemeu. Minha presença não o impediu de começar a desabotoar sua camisa e lançá-la num canto do quarto, junto com seus sapatos.

Minha mente se agitou. Esfreguei a testa.

— Onde é *aqui* exatamente? Por que está se despindo?

A luz da lua dava um tom prateado às suas feições enquanto ele me olhava.

— Bem, primeiro, este é o meu quarto. E, segundo, essa coisa em que você está deitada é a minha cama. Como geralmente não durmo de roupa, pensei em tirá-las — respondeu ele devagar, ligeiramente arrastado. Esfreguei as têmporas, tendo dificuldade em acompanhar a conversa.

Lembranças fragmentadas da noite anterior começaram a surgir em minha mente.

— A festa acabou?

— Alguém vomitou no chão. É. A festa acabou. — Sua respiração profunda era audível no quarto silencioso. — Eu juro, na próxima vez que a Claudia trouxer suas bebidas com morango, vou bater em uma garota pela primeira vez na vida. Inofensivo, uma ova.

Eu olhei para o meu relógio de pulso. O mostrador deveria estar brilhando no escuro, mas assim que tentei me concentrar, a tontura me fez gemer.

— Que horas são?

— Três.

— Da manhã!? — exclamei.

— Está escuro lá fora. Claro que é da manhã.

Lancei as cobertas para o lado e pulei da cama. Mas a gravidade se mostrou implacável e eu tropecei no chão. Procurei ao redor em busca dos meus sapatos. Eu já deveria estar em casa há horas. Minha mãe ia ficar furiosa.

Tentei me levantar novamente.

— Onde estão os meus sapatos?

— O que você está fazendo?

Entrando em pânico! Porque eu estava presa numa casa estranha.

— Indo pra casa.

Deus, a dor de cabeça gritava para eu ir mais devagar. E falar rápido parecia impossível.

— Uau. — Ryan me pressionou pelos ombros até eu me sentar novamente na cama. — Não é uma boa ideia. Já que nós concordamos que está na calada da noite... e você tem dezesseis anos... e bebeu...

— Bebi? *Não.* — Eu nunca havia bebido álcool. E certamente um refrigerante não deixaria minha mente tão lenta. Mas tinha que admitir que algo estava muito errado comigo ou com o quarto, já que tudo girava de maneira desconfortável.

Hunter acenou displicentemente para mim.

— Como quiser. Não posso deixar que faça isso.

— Fazer o quê?

— Ir sozinha.

Franzi a testa.

— Quer ir comigo? — Estranho. Tony não deveria estar aqui para me levar para casa?

— São mais de dois quilômetros até a sua casa. O dobro contando com a volta. Tenho certeza de que não darei conta disso hoje à noite. — O colchão cedeu sob seu peso quando ele se sentou ao meu lado. — Então, se realmente quer ir para casa, eu vou ter que te levar de carro. Mas, neste momento, prefiro não fazer isso.

Mesmo sentado, Hunter parecia oscilar diante de mim. Mas como o quarto também estava girando, não tinha certeza se ele realmente balançava ou se eu estava vivenciando algum tipo de alucinação.

— O que eu faço agora?

— Eu diria: deite-se. Durma. E se preocupe com tudo amanhã.

— E quanto a você?

Ele olhou em volta, esfregando o pescoço.

— O chão é duro. E eu estou exausto. Tem espaço para dois na cama. — Ele fez essa última frase soar como uma pergunta.

Comecei a me sentir mal – e não apenas pela sugestão dele de compartilharmos a cama. Meu estômago se revirou. Senti o gosto amargo do refrigerante na garganta. Havia apenas uma maneira de evitar vomitar por toda a cama estranha e no chão. Precisava me deitar.

Caindo de lado, enterrei o rosto no travesseiro. Gemi, mantendo um olho aberto, focando no teto acima do abajur. Ah, se ao menos eu pudesse parar meu cérebro de girar.

— Boa decisão, Matthews — murmurou Ryan, deitando-se ao meu lado. Ele provavelmente interpretou meu silêncio como consentimento.

Deveria me preocupar? Não tinha certeza.

Ele inclinou a cabeça na minha direção e sorriu – de um jeito que me pareceu perigoso.

— Prometo que você estará segura comigo pelas próximas três a seis horas. Depois disso, não posso garantir.

Capítulo 5

O sol penetrando pelas janelas me despertou na manhã seguinte. Sentia-me como se estivesse flutuando em um mar agitado sobre um frágil colchão de ar. Foram necessários alguns segundos para que o estranho balanço cessasse e eu conseguisse me centrar.

Minha bochecha descansava sobre um travesseiro com aroma de pinheiros, acolhedor e quente. Inspirei profundamente, desejando reter aquele aroma, e abri os olhos para encontrar os lábios sedutores de Ryan Hunter. Minha mão sobre seu peito nu acompanhava o ritmo de sua respiração lenta e regular.

Meu Deus, o que havia acontecido? Eu estava na cama com o capitão do time de futebol. Céus, nunca deveria ter ido àquela festa.

Agora, meu único pensamento era escapar. Mas o choque me manteve presa na cama ao tomar consciência da posição embaraçosa em que Ryan e eu havíamos nos enredado enquanto dormíamos. Deitada de lado, minha perna esquerda estava lançada sobre seu quadril, minha panturrilha repousando justamente sobre sua virilha. Ele jazia de costas, com a perna esquerda dobrada de tal maneira que eu não conseguia liberar a minha. Tentei me controlar para não tremer. Sem chance.

Sem me atrever a despertá-lo, permaneci imóvel, pensando freneticamente em quais opções me restavam. Ótimo, não havia nenhuma. Eu estava encurralada.

Talvez, se eu permanecesse quieta, fingindo dormir, até que ele acordasse e saísse da cama primeiro, eu pudesse me esgueirar para fora e ir embora antes que percebesse. Teria me dado um tapinha nas costas por essa ideia, se conseguisse tirar a mão de seu peito confortável.

E que peito firme ele tinha. *Devia levantar pesos além de jogar futebol.* Como se meus olhos tivessem vontade própria, percorreram seu corpo admirável. Uma trilha fina de pelos escuros descia até o umbigo sobre seu abdome definido até sumir sob o cós da calça jeans. Sua perna dobrada parecia incrivelmente longa. Nunca tinha reparado, mas ele deve ser bem mais alto do que eu.

Meu olhar subiu até o pescoço e a parte do rosto descoberta pelo braço. Um queixo definido e um nariz fino perfeito. Ele exibia uma barba por fazer que convidava a ser tocada. Eu resisti. Sob sua orelha esquerda, havia uma antiga cicatriz de cerca de dois centímetros de comprimento. Ninguém notaria a menos que estivesse muito perto dele, como eu estava agora.

De repente, seus lábios se moveram.

— Posso te sentir me encarando — disse ele com uma voz suave e rouca de quem acabou de acordar, a mais doce que já ouvi. — Só espero que seja uma garota e não um dos caras bêbados.

Prendi a respiração. Retirei a mão de cima dele rapidamente. Sem retirar o braço do rosto, ele estendeu a outra mão e lentamente deslizou a palma sobre minha coxa nua em direção ao traseiro.

— Sim, com certeza uma garota — murmurou ele.

Assustada, segurei sua mão no lugar.

— Mexa mais um centímetro, Hunter, e você é um homem morto.

— Matthews? — Sua risada estava carregada de surpresa e divertimento. Diferentemente de mim, ele parecia bastante à vontade.

Um calor estranho começou a se espalhar do meu íntimo até atingir minha cabeça enquanto eu contemplava sua mão sobre minha pele desnuda. Vestindo apenas jeans e um relógio de pulso preto, ele me remetia mais a um daqueles modelos dos inúmeros pôsteres nas paredes do quarto de Simone Simpkins do que ao garoto que eu conhecia da escola.

Eu me senti desconfortável por não liberar a mão dele da minha perna, mas estava com muito medo de que ele prosseguisse com o gesto, caso eu o fizesse.

— Me diz, Matthews — perguntou ele, movendo o braço até o travesseiro e inclinando a cabeça para me examinar com olhos intensos. — Por que estou com você na minha cama, se não tenho permissão para te tocar?

— Não sabia que havia morangos na soda — protestei.

Ele franzio o cenho, seus lábios se contraíram.

— Como é que é?

Ele não percebia que ainda segurava minha perna, e como isso me fazia sentir desconfortável - e ao mesmo tempo excitada?

— Alguém me deu soda frutada a noite toda. — Minha voz tremia um pouco. — Não percebi que era a bebida que você estava falando quando disse...

— 'Não toque nos morangos' — completou ele, fechando os olhos. — Porra, eu disse para ela não batizar demais.

O quê? Na soda? Eu tinha certeza de que havia bebido demais daquilo.

Uma expressão severa marcou o rosto de Ryan quando ele me encarou novamente.

— Desculpe, não me lembro de muita coisa depois de te carregar até aqui. Estou encrencado?

Levando em conta que eu ainda estava vestida, nada

de mais havia ocorrido durante a noite.

— Tanto quanto me lembro, você estava bem bêbado. Então, eu estava consideravelmente a salvo de você.

Um sorriso discreto surgiu em seus lábios.

— Receio que meu tempo de indiferença entorpecida acabou. — Seu polegar começou a desenhar pequenos círculos na minha pele. — Então, a menos que esteja a fim de um pouco de confusão, se importaria de mover a perna?

Meus olhos se arregalaram diante de sua insinuação provocante.

— O quê? Você sabe que não é a garota *mais feia* do mundo.

Que *elogio*. Idiota. Eu precisava sair dali. Voltar para... Voltar para... Caramba, Ryan tinha um sorriso encantador.

Afastei esses pensamentos e liberei sua mão, em seguida, empurrei sua perna para baixo e retirei a minha de sua virilha. Sai da cama dele mais rápido que um raio. No entanto, as consequências do álcool me atingiram mais forte do que esperava. O chão pareceu fugir de mim, ou eu dele, não tinha certeza.

Ele segurou meus cotovelos, me estabilizando antes que eu caísse. Esperou até que meu olhar se fixasse no dele.

— Está melhor?

— Na verdade, não. — Procurei meus sapatos. Estavam aos pés da cama, e eu me soltei de seu apoio para calçá-los.

Ryan ignorou seus próprios tênis e camisa no chão. Descalço, saiu do quarto. Segui-o escada abaixo, observando suas costas. Por que a visão de pele desnuda de repente me fazia esquecer tudo ao meu redor?

— Ei, Hunter — alguém cumprimentou do corredor por onde acabáramos de passar.

— Bom dia, Chris — respondeu Hunter ao rapaz esparramado no sofá. Caminhou como se fosse completamente natural para ele descer do seu quarto com uma garota qualquer depois de uma festa.

Pode ser normal para ele, mas certamente não era para mim. Senti o rubor invadir meu rosto, tingindo-o de um vermelho intenso enquanto o calor subia pelas minhas bochechas. Senhor, deveria ter pulado pela janela do quarto em vez de me expor a esse constrangimento. Detestava passar uma impressão equivocada às pessoas. E havia um número considerável de convidados que ficaram aqui da noite passada.

A porta da frente me seduzia, prometendo liberdade. Contudo, Hunter tinha outros planos e me conduziu até a cozinha. Quando soltou minha mão, fiquei parada, tensa no meio da cozinha de piso de mármore, enquanto ele se dirigia à geladeira. Pegou duas garrafas de água, abriu-as e colocou em cada uma um comprimido que retirou de um armário. Os comprimidos ainda borbulhavam dissolvendo-se quando ele me passou uma das garrafas e, em seguida, recostou-se no balcão, com as pernas cruzadas nos tornozelos, bebendo da outra.

Não me atrevi a beber.

— Por que tão cética, Matthews? Vai ajudar com sua dor de cabeça.

Depois daquela bebida aparentemente inofensiva que me colocou nesta situação... sim, eu estava desconfiada. Mas, considerando que ele estava bebendo do mesmo líquido, resolvi que poderia ser seguro. Com relutância, cheirei a água antes de dar um pequeno gole.

— Não confia em mim? — Ele riu, tomando outro gole.

— Como eu poderia? Acordei com uma ressaca de soda e com uma pessoa igualmente bêbada dormindo ao meu lado metade da noite.

— Peço desculpas por isso. — Ele me lançou um sorriso constrangido. — Não costumo ficar bêbado nas minhas festas. E acredite em mim, vou falar poucas e boas para Claudia por batizar a bebida.

Eu estava realmente começando a abominar essa palavra. E a bebida, ainda mais.

— Olha, contanto que continue bebendo bastante água para se hidratar hoje, ficará bem.

Arrepiei-me, duvidando de suas palavras a cada

segundo.

— Parece que alguém instalou um canteiro de obras na minha cabeça.

— Ah sim, sei como é. Se me der um minuto para tomar banho, eu te levo para casa.

— Não! — Ah, inferno, gritar apavorada não era uma boa ideia. Eu fiz uma careta, pressionando as têmporas até aliviar o latejar. — Não, obrigada — tentei novamente em um tom mais calmo, só querendo sair daquela casa. — Ficarei feliz em fazer uma caminhada e ficar sóbria antes de ver meus pais. Minha mãe vai surtar.

— Como preferir. — Ele me seguiu até a porta de entrada. — Quer meus óculos de sol?

— Por que eu iria querer seus óculos de sol? — Assim que abri a porta, entendi o motivo. Recuando para a sombra como um vampiro, bati de volta no peito firme dele. Que ainda estava descoberto. E excessivamente atraente, caramba.

Ele esticou o braço ao meu redor, segurando os óculos que tinha pego de algum lugar. O aroma característico de Hunter me cercou. Por um breve momento, a dor de cabeça cessou, e eu quase desfaleci por uma razão completamente diferente.

— Eu sei o que você quer. — Pude ouvir o sorriso brincalhão em sua voz quando ele disse isso no meu ouvido. Engoli em seco, percebendo apenas então que ele se referia aos óculos escuros.

Coloquei os óculos, afastei-me dele e saí, descendo os degraus.

— Matthews — chamou Ryan e eu me virei. — Começaremos seu treinamento amanhã de manhã. Esteja de pé e pronta às cinco. Passo para te pegar.

Ele fechou a porta, e eu fiquei lá, estupefata.

Capítulo 6

Por volta das 10h30, entrei sorrateiramente pela porta de nossa casa. Mamãe estava na entrada da cozinha, com o celular na mão. Ela olhou para cima e um sorriso aliviado curvou seus lábios.

— Oi, querida. Por que não levou seu celular? Estava quase ligando para Tony para ver se estava tudo bem.

Graças a Deus pelas muitas noites em que dormi na casa do Tony nos últimos dez anos. Mamãe estava tão acostumada com isso que não esperava nada de ruim quando eu não voltava para casa depois de sair com ele. Contive a vontade de fazer o sinal da cruz e forcei um sorriso.

— Como foi a festa? — perguntou ela, de maneira inocente e maternal.

— Boa.

— Quando acabou?

— Um pouco depois das três?

Ótimo, se eu parecesse mais culpada, ela me amarraria na cadeira da cozinha e iniciaria uma desagradável inquisição. Felizmente, sua expressão abrandou depois de um segundo, e ela me perguntou se eu queria alguma coisa para comer. Presunto e ovos, meu café da manhã favorito.

A agitação no meu estômago se rebelou como o pior dos traidores pela cozinha. Por favor, nada de comida. Não consegui evitar o reflexo de ânsia e minha expressão amassada.

— Não, obrigada, mãe.

— O que foi? Não está se sentindo bem? — Ela estava à minha frente antes que eu pudesse escapulir pelas escadas.

Tirei os óculos do Hunter e pressionei o ponto entre os olhos.

— Não, está tudo bem.

— O que seus olhos têm, querida?

Merda. Rapidamente abaixei as pálpebras e olhei para o chão.

Tarde demais. Ela ofegou.

— Estão completamente vermelhos. Liza Isadora Matthews...

Ah, maravilha, o nome completo. Isso estava indo de mal a pior.

— Você andou bebendo?

Em contraste com seu tom, minha voz caiu para um murmúrio.

— Só um pouco. E eu não sabia que havia álcool no refrigerante, juro.

A partir daí, ela fez todo um discurso maternal de repreensão. Gritou, resmungou e me chamou de irresponsável. Mas o pior foi que ela me deixou de castigo. Eu só veria a luz do dia para treinar futebol às terças e quintas-feiras, e ela só cedeu nisso porque implorei de joelhos. Afinal de contas, eu não podia *não* aparecer na primeira semana de treinamento quando foi tão difícil entrar no time.

Então, ela me trouxe um copo d'água, me abraçou e disse que estava feliz por eu não ter me machucado. Dã, ela ainda não sabia da minha cabeça latejando.

De volta ao meu quarto, desabei na cama e fiz planos para uma semana trancada lá dentro. Pelo menos, minha pilha de livros para ler seria reduzida drasticamente dessa maneira.

Mais tarde naquele dia, meu celular vibrou na mesa de cabeceira, com o nome de Tony piscando no visor. Apertei o botão para ignorar a chamada. Deixar só tocando não bastaria. Ele precisava saber que eu não queria falar com ele.

Alguns momentos depois, recebi uma mensagem.

VOCÊ ESTÁ BRAVA COMIGO?

Idiota. Não ia responder a essa pergunta.

Não demorou muito para ele enviar outra mensagem.

ENTÃO, NÃO É UMA QUESTÃO DE *SE* MAS DO *QUANTO*.

Cerrei os dentes, fazendo uma expressão sinistramente feia para o telefone, já que ele não estava aqui para receber meu olhar furioso.

ACORDEI EM UMA CASA DESCONHECIDA, EM UMA CAMA DESCONHECIDA, COM UM ESTRANHO DORMINDO AO MEU LADO. O QUE ACHA?

Respondi, peguei meu livro e li mais três frases antes que meu celular tocasse novamente.

O QUE HUNTER FEZ COM VOCÊ? EU VOU MATÁ-LO!

ELE NÃO FEZ NADA. FOI UM PERFEITO CAVALHEIRO. DIFERENTE DE VOCÊ, IDIOTA!

Nenhuma mensagem chegou após isso. Mas logo meu telefone tocou novamente. Desta vez, atendi.

— O quê?

— Desculpe.

— Não quero saber. Você me esqueceu na festa.

Ele suspirou antes de falar.

— Eu não me esqueci de você. Estava no meio da noite e pensei que você estava...

— Bêbada?

— Sim. Achei que não era uma boa ideia te levar para casa. E arriscar sua mãe descobrir. Você parecia bem acomodada no quarto de Hunter. Ele prometeu que você já estaria acordada quando ele fosse dormir.

— Que horas você foi embora?

— Uma da manhã. Por quê?

Tudo bem, ele não sabia o que tinha acontecido.

— Alguém vomitou no corredor. A festa acabou às três.

— Droga. — *Ele fez uma pausa.* — Então, você vai à praia com a gente?

— Não posso. Estou de castigo por toda a semana. Chloe vai com vocês?

— Ah… sim.

Que maravilha*!* Lágrimas de frustração brotaram em meus olhos.

— Você só a conheceu ontem. Não vejo como é capaz de odiá-la tanto.

— Você sabe o que eu penso sobre as piranhas.

— Olha só, ela não é piranha — *ele tentou, no que deveria ter sido um tom suave.* — E acho que vocês duas vão se dar bem quando se conhecerem melhor.

— Não, obrigada. Prefiro ficar de castigo pelo resto do verão.

— Ah, Liz. Quando você ficou tão difícil?

Eu, difícil?

— Sabe de uma coisa? Espero que você tenha um bom dia na praia. Agora, se me dá licença, tenho um livro para ler. — Não esperei que ele se despedisse ou dissesse algo mais sobre o assunto, pressionei o botão para desligar e lancei o celular no cesto de roupas sujas do outro lado do quarto. Que ele e a clone da *Barbie* fossem para o inferno. Que todos eles fossem.

Quando as primeiras lágrimas caíram, eu queria destruir o quarto de tanta raiva que sentia. Mas passaria muito mais tempo do que o normal aqui na próxima semana, e não queria viver numa bagunça. Então, desabafei em meu diário. À noite, assisti um pouco de TV e fui dormir cedo.

Ainda estava escuro quando alguém chamou meu nome baixinho, me acordando. Como não havia muitas pessoas que me chamavam de Matthews, saltei da cama com o coração acelerado. Corri até a janela e vi Hunter parado no nosso quintal, vestindo shorts e uma camiseta preta.

— Oi — disse ele, sorrindo ao me ver. — Parece que você não está pronta para sair.

Forcei muito para conseguir falar, mas mantive a voz baixa, inclinando-me para longe da janela.

— Como sabia que esta era a minha janela?

— Não sabia. Foi um tiro no escuro.

Meu Deus.

— Quantas janelas você já tentou?

— A sua.

Tudo bem. Estava *tudo bem*. Precisava me acalmar. O capitão do time de futebol me esperava embaixo da minha janela, e eu estava de regata e shorts. Claro, eram cinco da manhã.

— Vai descer?

— Não posso. Estou de castigo.

Um sorriso travesso surgiu em seus lábios.

— Por dormir comigo?

— Por não dormir na minha própria cama — sussurrei, lutando para esconder o sorriso que ele me provocou.

— Quanto tempo vai ficar de castigo?

— Até domingo. Mas eu posso ir aos treinos.

— Pelo menos isso. — Ele coçou o queixo, observando o jardim, especialmente analisando o quartinho de bagunça e a árvore ao lado da minha janela. — Que horas você costuma acordar?

Que tipo de pergunta era essa?

— Não sei. Oito, nove, às vezes depois.

— Então, temos pelo menos três horas até que alguém espere você aparecer na cozinha. — O canto esquerdo de sua boca se curvou para cima, e ele fez um sinal para que eu me apressasse. — Desça.

— O quê?

— Se troca e suba no telhado do quartinho. Eu vou te ajudar.

Uma risada hesitante me escapuliu pela garganta.

— Você é maluco.

— *Você* é covarde.

— Não sou!

— Prove.

Aquilo me calou.

Tony usava a árvore e o quartinho para entrar no meu quarto desde os nove anos. Mas, com a chave da porta da frente, nunca precisei fazer o mesmo.

— E aí? — insistiu Ryan.

— Tá bom. Me dá um minuto. — Ele era insano, e eu mais ainda por concordar com essa ideia absurda. Mas, o que eu tinha a perder? Exceto talvez mais uma semana de liberdade por uma fuga imprudente do meu quarto.

Troquei o pijama por um short, um top branco e tênis; em seguida, amarrei o cabelo em um rabo de cavalo alto. Hunter estava apoiado no tronco da árvore de bordo quando voltei à janela. Ele se endireitou ao me ver.

Um pouco nervosa no início, levantei uma perna para o peitoril da janela e, então, segurei o batente, abaixando-me até o telhado do quartinho.

— Muito bem. — A voz baixa de Ryan soou mais perto do que antes. — Agora, segure aquele galho, e eu te seguro.

Oi?

— *Vou quebrar o pescoço se eu cair.* — Droga,

deveria ter ficado no meu quarto.

— Eu não vou te deixar cair. Prometo. — Ele estendeu os braços em minha direção, como se fosse me segurar.

Respirando fundo, segurei o galho mais próximo e desci do telhado, contendo um gemido de medo. Meus pés balançaram diante do rosto dele. Ele avançou e deslizou as mãos pelas minhas coxas até conseguir uma boa pegada logo abaixo dos quadris. Engoli em seco, questionando se ele tinha ideia do que aquilo provocava em mim...

— Te peguei. Pode soltar.

— O quê? — gritei, enfiando os dedos com mais força no galho.

Ele riu, e percebi que gostava muito daquele som. Era relaxante, de certa forma.

— Solta o galho, *Matthews. Agora.*

— Ugh. — Precisei de toda a minha bravura para soltar os dedos e permitir que ele sustentasse meu peso. Assim que me soltei, agarrei seus ombros, e ele afrouxou a pegada nas minhas pernas para envolver os braços ao redor de mim e me abaixar contra seu corpo. Quando meus pés tocaram o chão, olhei para o rosto dele.

Ele não me soltou de imediato, mas me ofereceu um sorriso.

— Oi.

Capítulo 7

O aroma sedutor de Hunter me cercou, juntamente com seus braços. Tony já me abraçou inúmeras vezes. Porém, isso era diferente. Era intensamente distinto das sensações serenas que eu experimentava quando meu melhor amigo me abraçava. Este abraço era eletrizante, fazendo meu sangue pulsar. Um arrepio atravessou meu corpo. Eu me afastei de seu abraço.

— Podemos ir? — perguntou ele, sem esforço para esconder a diversão diante do meu evidente desconforto.

— Para onde?

— Para a praia.

Ela ficava a cerca de dois quilômetros de distância. Ele estava brincando comigo? Provavelmente cairia morta antes de chegar à metade do caminho. Mas eu não era de reclamar – pelo menos esperava que não. Acenei com a cabeça e começamos num ritmo moderado, pelo qual fiquei grata. Pela manhã, a rua estava surpreendentemente tranquila. Não me recordava da última vez que saí a essa hora. Cinco da manhã era cedo demais até para esportes. Realmente. As fachadas normalmente vivas das casas ao longo da nossa rua agora estavam em um monótono cinza-azulado.

— Então, seus pais ficaram bravos porque você não chegou em casa no sábado à noite? — perguntou ele com a respiração perfeita mesmo depois dos primeiros quatrocentos metros.

Ele realmente achava que eu conseguiria correr *e* conversar ao mesmo tempo? Minha respiração estava desordenada, mas consegui responder.

— Não. Meus pais acharam que fiquei no Tony. O que está tudo bem para eles.

— Você dorme lá com frequência?

— Você fala como se desaprovasse.

Ele apenas me lançou um olhar de soslaio. Nossa, o que foi isso? Ele realmente se importava?

— Então, por que o castigo? — perguntou ao passarmos por um cruzamento e nos aproximarmos do mar. O som das ondas quebrando na praia nos envolvia, rompendo o silêncio da manhã.

— Minha mãe viu meus olhos vermelhos e percebeu que bebi. Porcaria... — Ofeguei. Suor descia pelo pescoço, costas e entre os seios. — Esqueci seus óculos de sol.

— Não se preocupe. Pode me devolver amanhã antes do treino.

Como ele fazia isso? Correr dessa maneira e ainda conversar comigo como se estivesse relaxando no sofá. Ofegante, apenas acenei com a cabeça. A praia surgiu à vista e um alívio me preencheu. *Mais alguns passos*, repeti para mim mesma e apertei o passo. Então, meus pés tocaram a areia.

E eu tropecei.

Caindo na praia como um saco de batatas, rolei de costas e olhei para o céu rosado e tranquilo.

Ryan se inclinou sobre mim.

— O que está fazendo?

— Morrendo.

— Não, não está. Levante-se, nós não acabamos.

— *Estou* morrendo, sim. — Minha respiração soava como a de alguém no leito de morte, rouca. — Mas não se preocupe comigo. Pode continuar. Tenho certeza de que em algumas horas alguém virá me remover do chão… me desenterrar da areia… seja lá o que for.

Incrível como o som da sua risada fez com que eu desejasse ter forças para me levantar e continuar correndo apenas para estar perto dele novamente. A sorte estava do meu lado hoje. Um momento depois, ele também se sentou na areia.

Agachado perto dos meus pés, ele… desamarrou

meu tênis?

— Ei, mas que mer... — Afastei a perna para longe. — Não se rouba uma pessoa que está morrendo.

Ele mostrou as palmas das mãos em sinal de defesa.

— Tudo bem, então, tire você mesma.

— O quê? Por quê? — Surpresa e um tanto curiosa, apoiei-me nos cotovelos e o observei desamarrar seus próprios tênis. Uma esperança me invadiu. — Vamos nadar agora para nos refrescar depois de todo esse treinamento?

— Não. Essa pequena corrida foi só o aquecimento. O treinamento começa agora.

— Você não pode estar falando sério. — Por que essa obsessão com aquecimento? Eu já me sentia mais que aquecida desde que saímos da minha rua.

Ele ergueu uma sobrancelha.

— Quer apostar quanto nisso?

Merda. Ele *estava* falando sério. Pronta para retroceder e protestar, apertei os dentes e conservei a pouca dignidade que me restava. Removi meus tênis e os ocultei junto aos de Ryan perto das pedras, longe do alcance dos transeuntes.

Se correr até a praia já era exaustivo, correr descalça na areia era algo que eu definitivamente subestimara. Os músculos das minhas panturrilhas ardiam insuportavelmente após apenas cerca de trinta metros.

Lancei um olhar de rancor em sua direção,

esforçando-me para manter seu ritmo. Ele sorriu, provocando-me ainda mais.

— Seus pais sabem desse seu lado sádico?

Ele brincou puxando meu rabo de cavalo.

— O que posso dizer? Você desperta o que há de melhor em mim.

— Ah, que ótimo. Agora eu me sinto tão especial. — Cada passo ficava cada vez mais pesado, como se meu corpo estivesse cheio de pedras pesadas. — Até onde iremos?

— Nunca fiz esse percurso, mas acho que é cerca de oitocentos metros. Sabe as casas da Misty Beach?

Fiz que sim com a cabeça. Todo mundo as conhecia. Era o lugar dos ricos.

— Seus pais têm uma casa lá?

— Sim.

Isso não me surpreendeu. Após ver a mansão em que ele vivia na noite anterior, era esperado que os Hunters possuíssem outra residência na praia. Contudo, curiosamente, após os últimos dois dias, Ryan não se assemelhava em nada ao *playboy* arrogante que eu imaginava ser, sempre que nos cruzávamos pelos corredores da escola. Ele era agradável. Até mesmo simpático.

Mas não agora. Fiz uma careta. A areia fina cedia sob meus pés, fazendo-me sentir como se estivesse correndo sobre pudim. Todo centímetro exposto do meu corpo brilhava de suor; meu top, agora encharcado, colava-se à pele.

Quando Misty Beach finalmente surgiu, ele envolveu meu braço com seus dedos e começou a me guiar. Tropecei ao seu lado, implorando por água.

— Juro que vou beber o mar.

— Aguenta firme, Matthews. Estamos quase lá — disse o rei dos torturadores.

Ele me conduziu até a casa mais encantadora daquela parte da praia. Branca, com uma varanda circular adornada de móveis de vime e até uma cadeira de balanço. De um vaso na espaçosa varanda, ele retirou um molho de chaves e abriu a porta.

De tamanho moderado, a casa de praia continha uma cozinha e, possivelmente, dois ou três quartos mais ao fundo. Adentramos uma sala acolhedora com sofás convidativos, uma televisão de tela plana e uma estante repleta de livros. Alguém ali realmente apreciava a leitura.

A porta moderna sem maçaneta se fechou e travou sozinha a fechadura depois que passamos. Ryan me deixou encostada na parede e pegou duas garrafas d'água da geladeira. Ele jogou uma para mim.

Ah, paraíso líquido. A água jamais teve um gosto tão bom.

Minha pulsação permaneceu elevada por mais um tempo, mas descobri que conseguia falar sem ofegar como um peixe fora d'água.

— Então, terrível algoz, por que corremos na praia? Foi só por causa do seu prazer pessoal de me ver sofrer?

Ele rolou os olhos com um sorriso torto que nem mesmo Tony conseguia igualar.

— Por que pensa tão mal de mim?

— Eu não sei. Talvez porque perdi os pulmões em algum lugar a caminho daqui? Ou porque minhas pernas estão pegando fogo? — Caminhei até o sofá e encostei a bunda contra o encosto, cruzando os braços.

— Ah, por favor, né?! Corremos mais de três quilômetros e você ainda está de pé. Isso é ótimo. E correr na areia fortalecerá suas pernas muito mais do que na rua. Como só corremos no gramado do campo, você precisa se acostumar com...

— A tortura? — Eu o ajudei quando ele parou para pensar na palavra certa.

— Exatamente. — Com um gesto, ele afastou uma mecha de cabelo úmida da minha testa, pegou minha garrafa vazia e arremessou ambas em uma elegante curva na lixeira do lado de fora da porta da cozinha.

Ajeitei meu rabo de cavalo e passei o antebraço pela testa. Com o braço tão suado, pouco adiantou.

O som de passos na varanda capturou nossa atenção. Por alguma razão que não consegui compreender, ambos ficamos tensos.

A expressão de surpresa no rosto de Ryan ao olhar

primeiro para a porta e depois para mim fez minha pele se arrepiar. Sem aviso, ele correu em minha direção, derrubando-me sobre o encosto do sofá. Juntos, rolamos para o chão. O som das chaves na fechadura ecoou enquanto caía sobre ele, fazendo-o soltar um suspiro abafado.

— Quem é? — murmurei brava, olhando para o seu rosto. Nesta posição desconfortável, não pude deixar de notar a bonita cor de seus olhos. Como o olho de um tigre que minha mãe tinha em sua coleção de pedras preciosas.

— Só pode ser a minha mãe. — Usando um pouco de pressão no meu quadril, ele me guiou para mais perto do sofá à medida que me tirava de cima dele, então, cobriu a minha boca com a mão. Dã, como se eu fosse gritar.

Meu coração batia freneticamente, como se estivéssemos cometendo um crime, enquanto ouvíamos a Sra. Hunter entrar e colocar algo pesado no chão. Soavam como caixas. Ela transportou várias delas para a cozinha.

— Ela está reabastecendo a geladeira — murmurou Ryan com a boca no meu ouvido.

Que ótimo. Quem reabasteceria uma geladeira às seis da manhã? Entretanto, ela provavelmente queria fazer isso antes de ir para o trabalho. Quando ela estava na terceira ida, tirei a mão de Ryan da minha boca e disse em um sussurro furioso:

— Por que estamos nos escondendo?

— Meus pais não gostam que eu traga qualquer garota pra cá. A menos que você queira ser apresentada como minha namorada, sugiro que fique abaixada.

Beleza, então. Fiz cara feia para ele naquele espaço de meio centímetro entre nós, imaginando como, em apenas vinte e quatro horas, eu podia acabar em uma posição tão íntima com Hunter – duas vezes.

Soltei um suspiro de alívio quando sua mãe finalmente saiu e a porta se fechou. Esperamos um minuto antes de Ryan se levantar. Ele estendeu a mão para mim, mas permaneci imóvel.

— Tem certeza de que seu pai não está vindo também? — Um forte cinismo na minha voz.

— Sim, tenho certeza. Ele nunca vem aqui durante a semana. — Ele agarrou minha mão e me puxou. — Levanta.

Permiti que ele me ajudasse a levantar.

— Da próxima vez que sentir a necessidade de me derrubar, agradeceria um pequeno aviso antes.

— Claro! — Ele foi para os fundos da casa e voltou com uma toalha, que usou para enxugar o rosto, e depois jogou para mim.

— Eca. — Ele realmente não achava que eu usaria a mesma toalha que ele já havia sujado de suor, né? — Não sei como corrermos juntos poucas vezes nos levou a esse nível de intimidade. — Mas, considerando que ele ignorou meu olhar de desagrado e saiu, percebi que precisava superar isso e usar a toalha para secar meu corpo suado. Enquanto esfregava o pescoço, segui Ryan até a varanda onde o encontrei relaxando na cadeira de balanço.

Coberta de suor, lancei a toalha em sua direção com precisão. Ele, no entanto, a apanhou.

— Vamos voltar — murmurei.

— Estamos com pressa, Matthews?

Recusei-me a sentar em qualquer parte dessa varanda, mas me apoiei no poste ao lado dos degraus de madeira que desciam para a praia.

— Na verdade, não. Mas não vou ficar em um lugar onde eu tenha que assinar uma certidão de casamento para ser bem-vinda.

— Ela não vai voltar.

— Não me interessa. — Uau, isso saiu pior que um rosnado. Não sabia que eu podia soar tão puta.

— Nada mais justo. — Ele suspirou e se levantou do balanço. — Deixa eu pegar a bola, daí podemos ir.

— Bola?

Ele já tinha saído e retornou logo depois com uma mochila que exibia um contorno arredondado peculiar. Colocou a toalha e outra garrafa d'água dentro da mochila, jogou-a sobre os ombros e a ajustou. Em seguida, escondeu as chaves novamente no vaso de plantas.

Felizmente, ele não me fez correr novamente. Caminhamos pela praia, e eu agradeci pela água fria do mar roçando meus tornozelos.

Longe da vista de sua casa, consegui finalmente relaxar.

— Por que trouxe a bola?

— Você precisa treinar a chutar e a pegar a bola. A praia é perfeita para isso.

Tudo bem, isso não parece tão ruim. Mas eu havia subestimado Hunter. O que ele realmente tinha em mente, descobri quando chegamos ao local onde tínhamos escondido nossos tênis.

Capítulo 8

Limpei a areia da sola do pé e calcei os tênis. Ryan posicionou-se a cerca de nove metros de distância. A bola na areia, com o pé direito sobre ela, ele gritou:

— Quero que você pare a bola.

— Ah, tá bom. Só… — De repente, a bola veio em minha direção. Soltei um pequeno grito, mas consegui pegar a bola contra o peito.

Ele me olhou como se eu tivesse esquecido de me vestir naquela manhã.

— Isso é futebol. Você não deveria usar as mãos.

Como eu poderia adivinhar o que ele esperava de mim, enquanto tentava me acertar com uma bola de futebol?

— Chute pra mim.

Fiz como ele pediu, levantando muito mais areia do que ele ao chutar. Ryan chutou de volta. Mesma velocidade, mesmo alvo. Direto no meu peito. Eu a agarrei.

— Sem mãos, Matthews!

Tudo bem, isso realmente estava me deixando nervosa. Eu chutei de volta com todas as minhas forças.

Ryan chutou novamente. Dessa vez, dei um passo para o lado e deixei a bola passar.

— O que foi isso? — Sua expressão de descrença se intensificou ao se aproximar.

— Você disse sem mãos. Quer que eu pegue com os dentes ou o quê?

Ele riu.

— Sugiro veemente que não faça isso. Durante o jogo você terá que parar a bola. Mas não tem permissão para usar as mãos. Então, use seu corpo para bloqueá-la. Ombros, cabeça ou, principalmente, o peito.

— Aha. Só tem um problema nisso. — Segurei meus seios com as mãos. — Eu tenho isso aqui!

Sem palavras, seu olhar desceu dos meus olhos e não voltou mais. A faísca em seus olhos quase me assustou. Era como se eu fosse a *Branca de Neve* e ele, o caçador. Na verdade, preferia não saber quais pensamentos passavam por sua cabeça naquele momento. Estalei os dedos entre nossos rostos.

— Olhos aqui em cima.

Ele obedeceu. Com relutância. Um sorriso travesso apareceu em seus lábios.

— Já chega de treino por hoje. — Quase não era capaz de manter a voz calma. — Quero voltar antes que minha mãe descubra que eu saí.

Ele concordou, e convenci-o a correr apenas metade do caminho, caminhando o resto. Não queria desmaiar na frente de casa. Mas ao chegarmos, encontrei o próximo desafio. Papai já tinha saído para o trabalho, mas minha mãe estava na cozinha, impossível entrar sem que ela notasse.

— Estou tão ferrada — murmurei, escondendo-me atrás de uma árvore do outro lado da rua.

Ryan segurou meu queixo com uma mão surpreendentemente gentil, fazendo-me olhar em seus olhos.

— Você sempre desiste tão rápido assim?

— Aparentemente, *você* não — murmurei irritada por sua falta de compreensão da minha desgraça. — Então, o que sugere?

— Nós te levamos para dentro da mesma maneira que tiramos você de lá.

— Pela janela?

— Exatamente. — Com a cabeça levemente angulada, ele ergueu as sobrancelhas, encorajando-me.

— Tony entra e sai por lá há anos. Mas não tenho ideia de como posso fazer isso.

— Mitchell tem entrado em seu quarto pela janela?

— Sim. Mas preciso de uma escada para subir no

telhado do quartinho de bagunça. E tanto quanto sei, não temos uma escada. — Meus ombros curvaram-se, derrotados.

— Por quê?

— Por que o quê?

— Por que ele entra pela sua janela? — A pergunta saiu em um grunhido, e a testa franziu.

— Podemos, por favor, manter o foco? Estou de castigo e preciso entrar escondida na minha própria casa.

Ele me encarou. Depois, com a mandíbula tensa, assentiu.

— Tudo bem. Vem. — Ele me puxou pelo braço e me guiou para o outro lado da rua. Eu só esperava que minha mãe não estivesse olhando pela janela.

Ao darmos a volta na casa e nos escondermos ao lado do quartinho, senti-me um pouco mais segura. Contudo, permanecia a questão de subir.

Ryan examinou a árvore.

— Acredito que Mitchell a escale para subir ao telhado?

— Hum, sim. Mas você não está me pedindo para subir em uma árvore agora, né?

Ele soltou um rosnado abafado. Então, testou a firmeza do telhado do quartinho pulando e se pendurando nele. Era sólido.

— Venha aqui, Matthews — ordenou, posicionando-se de forma estável, de costas para a porta do quartinho.

— O que você está fazendo?

— Vou te impulsionar. — Ele entrelaçou os dedos, criando um suporte à frente do seu quadril. Claramente, eu deveria pisar ali.

— Sem chance.

— Não seja criança. Já provei que posso te segurar, lembra? Duas vezes.

Ele tinha razão. Ainda assim, isso não diminuiu minha apreensão. Na verdade, a ideia só aumentava minha ansiedade. Por fim, com minha mãe provavelmente em casa, percebi que não tinha muita escolha. Com um suspiro resignado, aproximei-me dele e segurei seus ombros enquanto ele flexionava os joelhos para me ajudar a colocar o pé em seu suporte improvisado.

— Pronta? — provocou, quando nossos olhares se alinharam.

— Nem um pouco — respondi, um pouco trêmula.

— Te vejo amanhã. — Então, ele me impulsionou. Não tive tempo de pensar, o que talvez tenha sido melhor, pois simplesmente agarrei a borda do telhado e me içei para cima com a ajuda de Ryan.

Daí para frente, foi um caminho tranquilo de volta ao meu quarto. Assim que coloquei os pés em solo firme, virei-me para ele. Meus joelhos ainda tremiam pela aventura e pelo medo de ser pega, e franzir o cenho.

— Acho que não devemos fazer mais isso.

— Por que não?

— Estou morta se meus pais me pegarem. — E, na verdade, não era uma questão de *se*, mas de *quando*.

— Eles não vão.

— E se?

— Matthews, eles não vão. Agora, cala a boca e vá tomar um banho.

Argh, ele claramente não compreendia a magnitude do meu problema. Apertei os dentes.

— Bem, não vou amanhã. Tem treino com o time mesmo. Não vou sobreviver a duas rodadas de tortura no mesmo dia.

— É. Tá certo. — Ele riu. — Quarta. Às cinco. Esteja pronta dessa vez. E Matthews… Não me faça subir aí e ir te pegar.

Apesar de meu corpo reclamar pelo esforço que Ryan me exigiu esta manhã, minha mente se agitou com uma ansiedade peculiar. Ele treinaria comigo novamente. Sorri para mim mesma, dirigindo-me ao banho. Céus, não sabia que era tão masoquista.

O jato quente da água relaxou meus músculos doloridos. Eu poderia ficar ali o dia inteiro. Ah, droga, estando de castigo, não tinha muito o que fazer mesmo, então aproveitei o prazer prolongado do banho. Quando a água finalmente esfriou, saí, envolvi-me em uma toalha branca e macia, e fui para o quarto.

Ao abrir a porta, soltei um grito.

— Mas que merda você está fazendo aqui?

— Esperando pelo seu misericordioso retorno do banheiro. — Tony abriu um sorriso de onde estava deitado na minha cama.

Dei uma olhada por cima do ombro, esperando que minha mãe não tivesse me ouvido gritar.

— Não surte. Beth já sabe que estou aqui.

— O quê? Por quê? — Fechei a porta e apertei a toalha mais firme contra o peito.

— Eu desci para te procurar quando não te achei no quarto. Ela até me fez tomar café da manhã com ela.

Sim, eu havia demorado bastante debaixo do chuveiro. Sabendo que minha mãe parecia aceitá-lo no meu quarto, apesar de eu estar de castigo, relaxei. E me alegrei ao ver Tony esta manhã. Ele vestia minha roupa favorita – jeans azul escuro, camiseta azul-cobalto e uma camisa desabotoada por cima. Seus pés balançavam na beirada da cama.

— Hunter veio te pedir desculpas?

Minhas sobrancelhas curvaram-se quando seu tom casual me fez parar de olhar fixo para ele.

— O que disse?

— Eu o vi sair da sua casa hoje. Um pouco cedo demais para vir te visitar. Então, ele pediu desculpas por ter se arrastado para a cama com você?

Só então me lembrei de que estava realmente irritada

com Tony.

— Não vejo como isso é da sua conta. De qualquer forma, é cedo para você estar aqui também. — Cruzei os braços, mas então a toalha ameaçou cair. Voltei a segurá-la.

— Ah, por favor... — Ele se levantou e veio até mim. Recuei até a porta me impedir de ir mais longe.

— Não gosto quando está brava comigo. — Ele fez aquele beicinho doce e provocante que sempre usava quando tentava me fazer perdoar algo que tinha feito. Brincando com alguns fios do meu cabelo molhado, ele derrubou minhas defesas. — Para fazer as pazes com você, ficaremos aqui dentro o dia todo e podemos assistir a alguns filmes.

Apenas nós dois, unidos como antes. Ele quase conseguiu me convencer. Mas decidi ser firme. Com um resmungo, passei por ele até o armário, peguei uma camiseta verde e jeans. Olhei para a camiseta por um momento e a guardei. Não usaria sua cor favorita hoje.

— Trouxe *X-Men* — disse ele, todo doce, segurando a coleção de DVDs na minha frente.

Ah, que cretino. Ele sabia que era meu favorito. Eu também tinha os DVDs, mas os dele eram a versão estendida, com cenas extras e bastidores. Apertei os lábios, tentando não sorrir. Um sorriso acabou escapando.

Vitória iluminou seu rosto.

— Vá se vestir e eu coloco o DVD.

Fiel à sua palavra, Tony ficou o dia inteiro. Quando começamos o segundo filme, eu já havia o perdoado a ponto de diminuir a distância entre nós na cama e me aconchegar a ele. Seu braço envolvendo meus ombros trouxe o conforto familiar de volta. Não sei se ele percebeu quando começou a brincar com um fio do meu cabelo, mas eu gostei. Porém, uma coisa me incomodava o tempo todo. Não conseguia parar de comparar o que sentia com ele à sensação que tive quando Ryan Hunter me fez rolar do sofá, e eu caí em cima dele.

Mesmo agora, completamente à vontade, meu coração disparava apenas de pensar no abraço apertado de Ryan. Como isso era possível se eu amava só o Tony? Tendo perdido dois terços de *X-Men 3* refletindo sobre isso, decidi parar de pensar no assunto. Afinal, Hunter não era alguém por quem valesse a pena se apaixonar. *Certo?*

O sorriso provocante que Tony exibia tão bem capturou minha atenção mais uma vez.

Ele bagunçou minha franja.

— O quê? Ainda está apaixonada pelo cara?

— É mentira! Não estou! É só treino! — As palavras saíram antes que eu pudesse pensar ao mesmo tempo em que saía rapidamente do abraço de Tony e o encarava.

Ele me lançou um olhar muito desconfortável.

— Que foi?

— Que foi... o quê? — *Merda.* Algo saiu errado. Sentei-me sobre calcanhares e mordi o interior da bochecha. — Desculpa, o que você disse?

Seus olhos se estreitaram ainda mais.

— Você suspirou. Como se estivesse babando em cima de Hugh outra vez.

Hugh... Jackman. Certo. Não é Hunter. Com um atraso, senti minhas bochechas esquentarem de vergonha.

— Liz, está tudo bem?

— Claro. — E com minha voz mais inocente de *eu-não-sei-do-que-você*-está-falando, adicionei. — Por quê?

— Desde que voltei do acampamento, você tem andado meio maluca.

— Que nada. Estou bem. — A maneira como ele estava deitado na minha cama, com os braços cruzados e a testa franzida, me deixou desconfortável. Levantei-me e parei o DVD. — Vamos encerrar por aqui, o que acha?

Ofereci a caixa do DVD para ele, mas Tony não a pegou. Em vez disso, sentou-se de pernas cruzadas e inclinou a cabeça.

— Você está me mandando embora? — perguntou devagar, com uma descrença ardente em seus olhos.

Estava? Em mais de treze anos de amizade, nunca

tinha pedido para ele ir embora. Nossa, ele estava certo –
eu estava agindo estranho.

— Olha, estou cansada dessa maratona de filmes. E
prometi à minha mãe que eu limparia meu quarto
hoje. — Coloquei a caixa do DVD na cama diante
dele. — Já são quase quatro. Deveria começar a limpeza.

— Eu me ofereceria para ajudá-la, mas tenho a
sensação de que você vai acabar dizendo não. — Ele
levantou, olhando para mim como se estivesse esperando
pela minha contradição.

Por que eu estava ignorando sua oferta? Desviei o
olhar, peguei seu moletom e o entreguei a ele.

— Te vejo amanhã? — A esperança na minha voz
me fez questionar se eu queria que ele ficasse chateado
por eu não ter aceitado sua ajuda na limpeza.

— Sim. Te encontro no treino. Só que não posso vir
te pegar. — Ele fez uma careta, e eu queria saber o
porquê. — Mas, olha, amanhã vamos jogar a primeira
partida de verdade com os novatos. Se assegure de jogar
no meu time. — E lá estava de novo. O típico e malicioso
sorriso de Tony que fazia meu coração derreter toda vez.

Exceto que não era assimétrico… como o de Hunter.

Resmunguei, percebendo minha distração enquanto
conduzia Tony para fora do meu quarto. Depois que ele
desceu pela escada do quartinho e eu fechei a janela,
fiquei me perguntando onde mamãe guardava o
termômetro. Eu devia estar com febre.

Capítulo 9

Terça-feira, duas e trinta da tarde, pedalei até o campo de futebol. Susan acompanhou-me, e chegamos por último. Após trancar minha bicicleta, lancei um olhar pelo gramado à procura de Tony. Ele estava do outro lado do campo, cercado por alguns garotos e garotas. Iniciei minha caminhada em sua direção, mas, ao ver Chloe se distanciar de um dos amigos dele, decidi evitar sua provavelmente animada conversa.

Não passou muito tempo até que Tony me notasse e se desculpasse com o grupo para vir até mim. *Barbie* segurou seu bíceps, murmurando algo para ele enquanto lançava um olhar carregado para mim. Respondi com um aceno, sentindo uma vontade imensa de lhe mostrar o dedo do meio. Contudo, já era madura o suficiente para me conter.

Por sorte, não consegui ouvir o que ela disse a Tony; nem um pouco interessada estava. Mas ver ele revirar os olhos e afastar a mão dela de seu braço foi extremamente gratificante.

Ele veio correndo até mim.

— Oi, Liz. Esse óculos é novo?

É, era uma sensação boa que o cara conhecesse todo o meu guarda-roupa e acessórios. Isso significava que ele prestava atenção. Abri um sorriso.

— Não, é meu — comentou Hunter por trás de mim. Quando ele deu a volta e parou na frente, e com cuidado, deslizou os óculos de sol do meu nariz, não pude impedir que meu sorriso verdadeiro se espalhasse, daqueles de mostrar os dentes.

— Ele me emprestou depois da festa — expliquei a Tony que, de repente, pareceu um pouco intrigado. — Ressaca e luz solar não são uma boa combinação.

Ambos riram, e eu fiquei dividida sobre qual risada me agradava mais.

Enquanto caminhávamos em direção ao grupo de garotos, Ryan perguntou a Tony se ele gostaria de ser o capitão da outra equipe.

— Claro. Quer começar a escolher os jogadores primeiro? — Os olhos de Tony se fixaram em mim, e um piscar de olhos indicou que eu estava entre suas escolhas prioritárias.

— Pode começar você — respondeu Ryan para ele,

depois, colocou o braço sobre os meus ombros. — Menos ela.

Surpresa, parei, e jurei que Tony olhou para Hunter com a mesma expressão de espanto que a minha.

Ryan ignorou-o, retirou o braço de mim e um sorriso ligeiro surgiu em seu rosto.

— Joga comigo?

Cara, fiquei sem palavras. Hunter sabia como eu era péssima com a bola. Ainda assim, ele me queria no seu time.

Tony aguardou minha resposta com um sorriso divertido. Visto que ele não parecia chateado, decidi aceitar.

— *Tudo bem.* — E estava, se aquilo não tivesse saído tão parecido com uma pergunta, eu não teria soado como uma completa idiota.

— Legal. Vamos jogar, pessoal. — Tony correu adiante e fez sua primeira escolha de jogadores.

Não prestei atenção em quem ele escolheu para sua equipe, pois Hunter me fez uma pergunta elementar naquele momento.

— Sabe jogar futebol, Matthews?

— Chutar a bola para o gol?

Ele riu, coçando o pescoço.

— Sim, isso e mais um pouco. Por enquanto, apenas não toque na bola com as mãos e tente não chutar além das linhas brancas.

— Sabe, não sou tão imbecil assim.

Ou talvez fosse. Antes que os primeiros dez minutos terminassem, machuquei meu pulso quando a bola veio forte em minha direção, e por duas vezes chutei-a longe demais, para além do gol adversário. Maravilhoso. Mas, olhando pelo lado positivo, ninguém gritou comigo como Ryan fez ontem na praia.

Pelo menos ninguém fez isso até que, aparentemente, cometi o erro mais crítico de todos ao mirar novamente o gol.

— Impedimento — vários caras gritaram ao mesmo tempo, alguns revirando os olhos.

Fiquei imóvel, totalmente perdida.

— Não esquenta. Eu te explico amanhã — disse Ryan que veio até mim e chutou a bola para alguém do time de Tony. Ele se posicionou no campo outra vez, mas não antes de me dar um sorriso. — Belo chute.

Ele bem que tentou, mas isso pouco fez para elevar meu ânimo. Desanimada com os erros, afastei-me em direção ao nosso gol, decidindo adotar um papel mais passivo pelo resto da partida. Exceto que Hunter tinha outras ideias. Por algum motivo, ele insistiu em me envolver, passando bolas perfeitas e me encorajando a dar o meu melhor.

E eu correspondi. Por três minutos e meio. Até que experimentei o que era receber um chute na canela. A dor, provocada pelo contato da chuteira de Chloe com minha perna, me fez cair. Mordi o lábio para evitar que os olhos se enchessem de lágrimas.

— Qual é, galera! Joguem limpo! — gritou Ryan. Ele pairou por cima de mim e estendeu a mão para eu me levantar. — Você está bem?

Eu apenas acenei com a cabeça, sem dizer uma palavra. Minha voz me trairia se tentasse. Ele me incentivou a voltar para o jogo.

A dor daquela brincadeirinha não tinha passado por completo quando Chloe me pegou de novo. Eu a xinguei em um volume alto a ponto de competir com uma sirene da polícia, mas ricocheteou em sua cabeça dura. Quando aconteceu pela terceira vez, soube que ela estava fazendo de propósito. Então, a partir daí, não toquei na bola, assim não dava chance de ela me matar no campo.

Após o jogo, Tony massageava os músculos do meu pescoço enquanto eu estava sentada no banco.

— Se eu soubesse que você era mesmo uma boa jogadora, teria feito você jogar comigo todos os dias depois da escola.

Soltei um riso de desdém. Sua gentileza pouco fez para consertar meu orgulho ferido - ou os músculos.

— Aquela garota escolheu o esporte errado. Ela seria uma lutadora profissional do kickboxing.

— Quem? Chloe? — Pelo menos desta vez, ele não negou que ela queria acabar comigo. — Ela te acertou tanto assim?

Lancei-lhe um olhar reprovador por cima do ombro.

— Ela parecia uma carreta.

Ele mordeu o lábio.

— Ela pode ser uma jogadora agressiva.

Uma forma bem branda de se dizer. Eu suspirei.

— Vai ficar mais tempo aqui? Porque eu realmente preciso ir para casa e cuidar da minha canela machucada. — E eu ainda estava de castigo, claro.

A hesitação de Tony, olhando ao redor do campo, me fez questionar se ele procurava pela adversária implacável. Sentia as chamas do ciúme me consumindo. Mas ela já havia ido embora.

— Estou indo — disse ele.

Ao buscar nossas bicicletas, encontramos Ryan. Ele olhou para minha perna e tremeu ao ver a cor.

— Coloque gelo no tornozelo. Quero você em forma amanhã.

A ideia de mais sofrimento em poucas horas me deixou sem palavras.

— O que ele quer dizer? Não tem treino com as garotas amanhã. Só para nós, os garotos — comentou Tony conforme caminhávamos.

Percebi que era hora de explicar a situação.

— Ryan está treinando comigo, tipo *personal trainer*.

Tony poderia ter feito qualquer número de perguntas, como por que, onde, ou até quando eu tinha enlouquecido a ponto de aceitar isso. Mas ele optou pela mais inesperada.

— Com *você*?

— Puxa, obrigada.

— Desculpe, não quis parecer um babaca. Mas… estamos falando do Hunter? — Ele suspirou, e eu deveria ter repreendido-o por isso.

— Qual o seu problema com isso?

— Nenhum. — Ele subiu em sua bicicleta, esperando que eu destravasse meu cadeado. — Só achei que estava de castigo.

— Estou.

— E como é que você sai para treinar?

Evitei seu olhar, pedalei mais rápido para ultrapassá-lo.

— Do mesmo jeito que você entra.

Ele facilmente me alcançou.

— Você está saindo escondido? Por causa do *Ryan Hunter*? — Se Tony insinuava que eu nunca tinha feito isso por ele, a insinuação estava clara em cada palavra.

— E daí?

Tony me deu um olhar lateral, seus lábios se contraíram numa tentativa mal-sucedida de esconder um sorriso.

— Eu saio só por apenas algumas semanas, e você se transforma em uma adolescente rebelde. — Ele riu. — Portanto, já que agora está familiarizada com a maneira exclusiva de entrar e sair do seu quarto, quer ir ao Charlie's beber com a gente?

— Não vou fazer isso durante o dia, Tony. Minha mãe não é *assim* tão ignorante. Hunter me pega às cinco da manhã — reclamei. — Ele me faz correr na praia.

— Ah, diversão garantida.

— Eu juro que o cara é o Satã em carne e osso.

Chegamos em casa e, enquanto eu descia da bicicleta, Tony parou na calçada e me observou com aqueles profundos olhos azuis.

— Sabe que eu ainda não entendi. Por que está se torturando por um esporte que você detestou a vida toda?

— Nunca odiei futebol.

— Você disse que era a quinta praga *nunca anuncionada* que arrasaria com o mundo.

Eu realmente disse isso? Uau, o garoto tinha boa memória.

Ao guardar a bicicleta no depósito, a voz de Tony me alcançou.

— É por causa do Hunter?

Congelei, encarando as varas de pescar do meu pai por um momento que pareceu eterno. Com um semblante frustrado, finalmente saí e me encostei no batente da porta, de braços cruzados.

— De onde tirou essa ideia absurda?

Tony apoiou os antebraços no guidão, inclinando-se de maneira descontraída.

— Bem, vocês dois estão bem próximos ultimamente.

Ok, eu estava quase com dezessete anos, nunca fui beijada e já estava no meu limite com meu melhor amigo.

— Você é tão cego assim? Eu *não* estou fazendo isso pelo Hunter.

— Então, por quê?

Que Deus me ajude, mas estava prestes a esbofeteá-lo a qualquer segundo.

— Estou fazendo por sua causa!

Meu coração parou assim que percebi o que havia dito.

Tony arregalou os olhos, olhando para mim. Segurou o guidão com tanta força que seus nós dos dedos embranqueceram. Não era exatamente a reação que eu esperava, após sonhar com isso nos últimos cinco anos.

Seu olhar baixou, os olhos fixos no chão à sua frente. Foi um momento estranho. Droga, nunca imaginei que algo pudesse abalar tanto o Tony. Qualquer coisa. Principalmente eu. Ok, a esperança de que ele reagiria feliz e me beijaria após minha quase declaração de amor desapareceu com seu olhar, mas o silêncio surpreso dele me deixou extremamente desconfortável. Queria poder me transformar em um boneco de neve naquele momento para simplesmente derreter no chão.

— Venha cá, Liza — disse ele finalmente.

Não. Esperei alguns segundos, lutando contra a sensação de pânico. Quando não me movi, ele desceu da bicicleta e caminhou até mim, aumentando minha ansiedade a cada passo.

— Olha…

Balancei a cabeça, suplicando para que ele não continuasse.

— Por favor, não me venha com essa merda de "você é como uma irmã para mim" agora.

— Não vou falar isso. Porque nós dois sabemos que você é bem mais próxima a mim do que isso.

Droga, isso estava tomando um rumo desastroso, e não havia como parar a avalanche que eu havia desencadeado. De repente, meus joelhos ficaram bambos, e minha boca, seca.

Tony estendeu a mão, mas hesitou antes de tocar meu rosto. Com os lábios apertados, recuou a mão.

— Estou saindo com a Chloe.

O quê? Não, essa garota não. Nem com qualquer outra! *Não!*

Com passos firmes, afastei-me e entrei em casa, sem proferir uma palavra. Com o coração despedaçado, fechei a porta com suavidade. Fiz de tudo para não chorar diante de Tony.

Fiquei sem ar. Um nó formou-se em meu estômago,

revirando tudo por dentro. Assim que as primeiras lágrimas escaparam, corri para o banheiro e vomitei no vaso sanitário.

Tony não podia me ver daquele jeito, de forma alguma. Queria acreditar que ele me compreendia e por isso não me seguiu. Mas, com tudo o que havia acontecido, sabia que provavelmente ele preferiu não me enfrentar depois da minha declaração.

Demorou horas até que pudesse respirar novamente sem sentir a garganta apertar e doer. Sentei na cama, folheando os álbuns de fotos nossos ao longo dos anos. A cada página virada, uma onda de raiva e tristeza pela perda me invadia. Mas já havia chorado tudo o que podia. Sentia-me completamente vazia. Desolada. Sozinha.

Quando minha mãe me chamou para jantar e eu disse que não estava com fome, ela tentou, a seu modo, fazer-me falar. Foi difícil convencê-la de que precisava ficar sozinha. Por fim, ela me deixou, e eu me tranquei no quarto, meu refúgio de dor.

Ao anoitecer, e eu me jogar na cama ao som de música *rave* no *iPod*, enfrentei outro dilema.

Não iria mais jogar futebol. Nunca mais. Precisava cancelar o treino com Hunter para o dia seguinte.

Liguei para Simone para pegar o número dele, mas não estava disposta a conversar com ninguém, então, enviei uma mensagem.

NÃO PRECISO TREINAR AMANHÃ. E QUERO SAIR DO TIME. LIZA.

Mas então lembrei que ele provavelmente só me conhecia pelo sobrenome, então acrescentei MATTHEWS entre parênteses.

Não demorou muito para que recebesse uma resposta.

DÓI TANTO ASSIM?

Que tipo de pergunta era essa? A dor comendo minhas entranhas estava me matando. Joguei o telefone no criado-mudo e caí no travesseiro com um bufo. Segundos depois, percebi que, talvez, ele não fizesse ideia do que aconteceu. *Ele deve estar falando de outra coisa. Mas é claro – da minha perna.* Apertando a mão na testa, eu respirei fundo.

Então, mandei outra mensagem.

NÃO, A PERNA ESTÁ BEM. SÓ QUE JÁ DEU DE FUTEBOL PRA MIM. OBRIGADA PELA AJUDA. TCHAU.

Esperava que ele compreendesse e me deixasse em paz. E ele o fez... por quinze minutos. Então, chegou a próxima mensagem.

OK. CONVERSEI COM MITCHELL. ENTÃO, VOCÊ DESCOBRIU?

Eu descobri? Sério isso? Mas que merda – Ryan sabia que eles estavam juntos e não me contou? Por outro lado, por que ele teria dito alguma coisa? Nós nem éramos amigos e ele não sabia do meu amor por Tony.

Ou talvez soubesse. M&M. Parecia que todos sabiam. Senti-me incrivelmente exposta naquele momento. A cidade inteira parecia estar ciente da minha afeição por ele, enquanto ele estava com outra. A vontade avassaladora de chorar ressurgiu, mas as lágrimas não vieram. Então, aumentei o volume da música, tentando anestesiar a dor até que ela desaparecesse.

O telefone vibrou ao meu lado na cama. Nova mensagem do Hunter.

CONSEGUE SAIR ESCONDIDA DEPOIS DO ANOITECER?

PROVAVELMENTE, SIM. MAS POR QUE EU FARIA ISSO?

DISTRAÇÃO. ;-)

E dessa vez, ele incluiu um emoji piscando e sorrindo.

Eu definitivamente não estava disposta a me divertir. Na verdade, não estava no clima para nada. Só queria me entregar à autopiedade.

MAS SÉRIO, NÃO ESTOU A FIM DE MAIS SOFRIMENTO.

Se ao menos o mundo me desse um descanso nas próximas horas. Mas a sorte não estava ao meu lado. Assim que escureceu, uma voz sussurrada chegou ao meu quarto.

— Desça aqui, Matthews!

Engasguei com o chocolate que acabara de colocar na boca. Limpei os olhos, ainda marejados de lágrimas, e corri até a janela.

— Por que você veio? Não sabe ler? Eu disse não.

— Você disse *sem tortura*. Não vou fazer isso. Agora, vista alguma roupa bacana, lave o rosto e desça.

— Não estou no clima...

Ele pulou e subiu no telhado do nosso quartinho, depois, espreitou pela minha janela com aquele sorriso diabólico nos lábios.

Capítulo 10

— Posso entrar? — Hunter não esperou por minha resposta, saltou pela janela e adentrou meu espaço pessoal.

Respirei fundo e recuei até a cama me deter, caindo sentada nela.

— Quarto legal. — Mãos apoiadas no batente, Ryan sentou-se no peitoril da janela. — *Você* está horrível.

— Puxa, obrigada pela novidade.

Ele tirou o boné e passou as mãos pelos cabelos, franzindo os lábios.

— Escuta, sou bem ruim nessa porcaria toda de "quer falar sobre isso".

— Então, por que está aqui?

Ele deu de ombros.

— Talvez porque eu seja bom com diversão e fazer

você parar de pensar em certas coisas. E aí, o que me diz? Quer sair para se divertir um pouco?

A ideia de outra festa com Ryan fez surgir imagens de nós dois na cama, minha perna envolvendo a dele.

— Acho que vou ficar em casa e ouvir música.

Ele fez uma careta.

— Não faça isso com você mesma. Nenhum cara vale a pena. — Então, ele fez algo que eu não esperava. Aproximou-se, segurou minhas mãos e me levantou da cama com delicadeza. — Por favor, *Liza*.

Meu nome na boca de Ryan Hunter. Foi a primeira vez que ele o pronunciou. E soou incrivelmente bem.

— Eu realmente não sei…

— Mas eu sim. E agora, pare de discutir. — Ele me deu alguns segundos para olhar em seus profundos olhos castanhos e tomar uma decisão.

Soltei um suspiro profundo.

— Posso tomar banho primeiro?

— Ah, por favor, faça isso. — Ele desabou na minha cama e viu os álbuns de fotos que ainda estavam lá.

Rapidamente os peguei antes que ele pudesse tocá-los, lançando-lhe um olhar severo.

— Não toque em nada.

Ele arqueou as sobrancelhas, levantando as palmas das mãos, rendido.

— Prometo — jurou. Depois acrescentou. — A não ser o seu diário e talvez sua calcinha de renda.

Meu Deus, esperava não ter ouvido aquilo direito.

Levei vinte minutos para me arrumar e sair do quarto com Ryan – pela janela.

Dessa vez, ele segurou meus pulsos firmemente e me ajudou a descer do telhado. Ele me soltou quando faltava menos de um metro para o chão, o que não foi difícil. Enquanto ele descia a árvore como Tony, ajeitei a blusa justa de decote profundo. O jeans azul escuro ocultava os hematomas deixados na canela pela nova namorada de Tony.

Ryan me guiou até um *Audi* "alguma coisa" cinza metálico estacionado na calçada. Não entendia muito de carros, mas sabia o suficiente para reconhecer que este era especial. Havia bem menos espaço entre o carro e a rua do que o habitual. Ao observar os faróis peculiares à frente, só uma expressão me veio à mente para descrevê-lo: *Velozes e Furiosos.*

Caramba, esse carro tem charme suficiente para impressionar qualquer um.

— Carro bacana — elogiei.

— Obrigado. Tem habilitação?

— Sim, tirei no verão passado.

— Quer dirigir?

— Por quê? — Dei risada.

— Diversão. E distração. — Ele deu de ombros, encostando um braço na porta aberta. — A menos que você seja covarde.

Sorrindo, entrei no banco do motorista.

— Quão rápido *ela* vai?

Um sorriso malicioso esticou sua boca.

— Prometo que nunca vai descobrir. — As chaves tilintaram quando ele as jogou no meu colo.

Primeiramente, ajustei o assento para acomodar minha estatura mais baixa.

Ryan entrou pelo outro lado.

— Acha que dá conta de dirigir com o câmbio manual?

O carro do meu pai era manual, então não era problema para mim. Eu sorri, liguei o motor e saí. O volante era menor que o nosso e demorou alguns minutos para eu me acostumar. Mas logo estávamos na estrada, e cheguei à praia em tempo recorde.

— Isso é tudo o que consegue fazer? — provocou Ryan, com um olhar no velocímetro.

Pensei em responder que tinha recebido uma multa por excesso de velocidade não muito tempo atrás. Mas depois pensei, por que meu primeiro momento de diversão depois de um dia tão ruim deveria ser interrompido?

Desde que ele me garantiu que o carro permaneceria no asfalto, independentemente do quão rápido eu fosse, pisei fundo no acelerador. Foi incrível. O poder, a velocidade, o ronco do motor. Dei risada quando fiz uma curva a uma velocidade que teria lançado o carro dos meus pais para fora da pista. O *Audi* de Hunter não cedeu nem um centímetro.

— Já foi na boate Tuscany?

Lancei um olhar de soslaio, concentrando-me naquela pequena parte da rua iluminada pelos faróis a essa velocidade assassina.

— Tenho dezesseis anos por mais algumas semanas. Claro que não.

— Ah, certo.

Que ele parecesse surpreso me deixou um pouco desconfortável.

— Quantos anos você tem?

— Dezoito.

— Desde quando? — soltei.

— Mês passado.

Sim, isso fazia sentido. Ryan agora era um veterano.

— Mas essa idade ainda não é suficiente para ir a boates.

— Quando o seu cunhado é o dono da boate, é sim. — Ele sorriu para mim, depois puxou o boné para baixo cobrindo a testa e se acomodou mais no assento. — Siga esta estrada por mais dezesseis quilômetros.

Segui, sentindo a adrenalina correr pelas veias. Tudo nele era tão perigoso. E, por acaso, eu gostei disso. Ainda mais esta noite.

Alguns minutos depois, ele me deu instruções sobre

qual saída pegar e onde estacionar o carro. Saí do carro e fiquei cara a cara com um segurança careca que bloqueava a entrada de um edifício quadrado pintado de vermelho-escuro. *Clube Tuscany* estava escrito em letras enormes por todo o segundo andar.

— Você precisa esperar até ter vinte e um anos para entrar, querida — disse o homem forte. Eu recuei na hora.

Ryan deu a volta no carro, me pegou pelo braço e, com o braço em volta dos meus ombros, me trouxe para frente de novo.

— Oi, Paul. Ela está comigo. Rachel está aqui hoje?

— Oi, Ryan. Não sabia que você estava vindo. Rachel só chega mais tarde, mas Philip está.

— Legal. — Ambos se cumprimentaram no estilo *soquinho*, e depois ele me conduziu por uma imensa porta cinza de aço que Paul segurava aberta para nós.

— Rachel é sua irmã? — sussurrei.

— Sim. Philip é o marido dela. Ele é legal. Você vai gostar dele.

Os estrondos de uma batida nos alcançaram, ficando cada vez mais altos a cada passo que dávamos pelo corredor estreito. Hesitei bastante, puxando o braço de Ryan para detê-lo.

— Acho que eu não devia estar aqui. Pensando bem, você não devia estar aqui, também.

— Você se preocupa demais. Venho aqui quase todo final de semana. Todo mundo me conhece. E ninguém vai te incomodar — acrescentou, me arrastando com ele.

Outra porta se abriu com seu empurrão. Entramos em um lugar enorme, pulsando com uma luz azul, cheio de pessoas e com o cheiro de fumaça branca saindo de uma máquina. Uma luz estroboscópica na pista de dança criava uma atmosfera robótica conforme as pessoas pulavam ao som da música e os corpos se esfregavam.

Ryan arregaçou as mangas de sua camisa branca, depois pegou minha mão e me puxou em direção ao mar de gente se esbarrando.

— Vem, vamos dançar.

Droga, eu não sabia dançar. Argumentar era inútil, porque ele não me ouviria gritar neste lugar a menos que eu me colasse nele e gritasse em seu ouvido. Eu o acompanhei. Ele não parou até chegarmos ao meio das pessoas dançando.

Minha mão estava segura na dele, talvez porque soubesse que, do contrário, eu teria fugido. Ryan se aproximou, sua outra mão nas minhas costas.

— Relaxe, Matthews. Você deveria estar se divertindo. — Ele sussurrou em meu ouvido para falar. — Ou, pelo menos, parecer que está.

Ele me deu um suave empurrão e me fez girar sob seu braço. Ryan fazia coisas sem qualquer preocupação. A leveza de seu comportamento, seu descaso, tomou conta de mim naquele momento. Dei risada quando ele me envolveu novamente em um abraço descontraído e dançou comigo no ritmo da música. A fumaça de gelo seco irritou minha respiração um pouco, mas tão perto de Ryan, tudo que eu conseguia cheirar era ele. E ele cheirava maravilhosamente bem. Igual naquela manhã, quando acordei ao seu lado.

Não sabia o que o trouxe à minha casa hoje. Podia ser por pena do que aconteceu com Tony e, como capitão do nosso time, ele sentia o dever de me animar. Ou por simplesmente gostar de mim. De qualquer forma, fiquei agradecida por ele não ter desistido quando eu respondi *não* na mensagem. Porque ele foi incrível em melhorar meu humor. Ele me fez esquecer. Ele me fez sorrir.

E, agora, me deixou um pouco nervosa.

Sentia aquele frio na barriga toda vez que estava perto dele. Ainda mais quando ele me girou e colocou minhas costas contra o seu peito. Colocou a mão na minha barriga, me puxando para si, balançando nossos corpos juntos.

Eu ri, talvez para disfarçar a timidez.

— O que está fazendo? — gritei por cima do ombro e vi seu rosto bem perto do meu.

— Distraindo você. — Ele moveu os quadris de novo, e eu senti cada um de seus músculos firmes se esfregando em minhas costas. — Está funcionando?

Inacreditavelmente, sim. Eu não respondi, apenas

deixei que Ryan me conduzisse. Com toda essa dança, minha blusa se bagunçou, e ela subiu alguns centímetros. Parte da mão de Ryan estava na minha barriga exposta. Esse toque enviou um arrepio por mim. Dos bons.

Quando a música acabou, ele me soltou e gritou no meu ouvido:

— Phil acabou de entrar. Vamos dizer oi.

Ajeitei a roupa no caminho até o longo bar. A música não estava tão alta lá atrás. Apoiando-se sobre o balcão de metal, Ryan me apresentou a um homem com cabelos na altura dos ombros, vestindo uma regata justa preta. Ele parecia ter trinta e poucos anos, talvez um pouco mais jovem. Phil colocou duas latas de *Coca*-Cola à nossa frente.

Depois da dança animada com Ryan, era mais do que bem-vinda.

Sentada num banquinho, escutei enquanto os dois falavam sobre o último ano de Ryan no Ensino Médio e o novo time de futebol. Phil me perguntou se eu gostava do esporte.

Eu menti.

— Sim, é ótimo. Adoro o treino.

O olhar de soslaio de Ryan claramente indicava que ele não acreditou em uma palavra.

— Que foi? — gesticulei com a boca para ele, com um sorriso torto.

Ele se inclinou para mais perto e ajeitou uma mecha

de cabelo atrás da minha orelha.

— Ainda tenho a mensagem onde você diz que já chega de futebol pra você, *Liza.*

A insinuação em sua voz quando pronunciou meu nome fez minha pele arrepiar. Me inclinei para trás um pouco para poder olhá-lo nos olhos.

— Você não sabia mesmo o meu nome antes de eu te mandar aquela mensagem?

Ele riu e deu de ombros.

— Por que, Matthews? Você idolatrava o Mitchell. O que isso me interessaria?

Pelo modo como ele desviou o olhar por um instante e o sorriso dissimulado que permaneceu em seus lábios, não tinha certeza se deveria acreditar nele.

— Você é um bundão, sabia?! — Eu o cutuquei com o ombro, sorrindo para ele.

O brilho travesso em seus olhos me capturou.

— Ouvir dizer que as garotas preferem esses. — Ele piscou e tomou um gole do refrigerante, mas seu olhar ficou no meu o tempo todo.

Senti o rosto esquentar, porque, sem dúvida, ele estava certo. Era fácil demais se apaixonar por ele. Não só porque ele parecia ilegalmente bonito de camisa branca, ou pelo seu cheiro incrível. Era a atenção que ele me dava que me fazia me sentir bem ao seu lado. Especial. Desejada.

E, por um momento estranho, eu queria que ele me

desejasse.

Deixando meu olhar vaguear por algumas pessoas que começaram a cantar karaokê num pequeno palco do outro lado da boate, esperava poder dissipar esse pensamento com um longo gole do meu refrigerante, considerando isso um efeito colateral da dor que Tony me causou hoje. Queria permanecer fiel ao meu amor por ele, mesmo que ele tenha deixado claro que preferiria beijar o clone da *Barbie* a mim. Mas com Hunter parado entre as minhas pernas, sua mão repousando casualmente logo acima do meu joelho direito, era inútil negar a atração. Seu charme havia me cativado há dias, e era diferente de tudo que eu havia experimentado até então. Refrescante, excitante, perigoso. Nada comparado ao bom e velho *cuidadoso* Tony.

Eu não queria que eles trocassem de lugar naquele instante. E esse pensamento era o mais assustador de todos.

Uma bela morena alta apareceu por trás de Ryan e me tirou dos meus pensamentos. Ela passou um braço em volta do pescoço dele e o beijou no rosto.

— Oi, irmãozinho.

— Oi, Rach. — Ele esperou que ela se virasse e então nos apresentou.

Quando ele me chamou de *Matthews* e *amiga de um amigo*, meu coração se entristeceu. Estendi a mão para cumprimentar Rachel.

— Meu nome é Liza.

— Não ligue para ele. O imbecil nunca se sentiu confortável com primeiros nomes. — A mulher alta riu e empurrou seu irmão de brincadeira. — Eu tenho sorte, sou sua irmã.

— Isso não quer dizer nada, *Carter* — brincou ele, abriu outro refrigerante e então brindou com Philip.

— Então, a amiga de um amigo, né? — O tom de Rachel era sereno, mas curioso. — Onde está esse amigo?

— Não está aqui. — Ryan sorriu para ela. Era difícil não notar o certo brilho de malícia em seus olhos, um brilho que não falhou em me deixar nervosa novamente quando seu olhar encontrou o meu.

Rachel suspirou com um revirar de olhos.

— Quando é que você vai crescer e se acalmar com *uma* garota?

— Ele é jovem, querida. — Phil se inclinou sobre o balcão para beijar sua esposa. — Ele tem tempo.

— Eu sei. — Ela se afastou e suspirou, lançando um sorriso para o irmão. — Estou apenas esperando o dia em que uma garota te enxergue de verdade... e decida gostar de você de qualquer jeito.

Ryan riu.

— Sim, eu também.

Depois de se esconder de sua mãe na casa de praia

dos pais ontem, era estranho vê-lo brincar com a família daquele jeito. Livre, descomplicado. Engraçado.

— Isso pede uma bebida. — Philip pegou dois copinhos atrás do bar, colocou um na frente dele e o outro na frente de Ryan, e começou a enchê-los de tequila.

— Você pode tomar a sua bebida com Rach. Hoje eu vou passar. — Ryan empurrou o copo em direção à irmã, seus lábios de repente ficando um pouco mais tensos.

— Vai deixar passar? Com essa bela companhia para beber? — O sorriso de Philip para mim me confundiu. Não pretendia beber uma única gota daquela bebida, mas ele não tinha me dado um copo, então, o que ele quis dizer?

— Não vou beber isso com *ela*.

Tudo bem, agora as palavras de Ryan me magoaram. Ele beberia com outras, mas não comigo?

— Por quê? Ela é tímida? — Phil quis saber.

— Ela é muito legal.

— Ah, ela é puritana então.

Que porcaria foi essa?

— Não sou puritana! E estou bem aqui ao lado de vocês, então, agradeceria se me dissessem do que diabos estão falando.

Ryan me lançou um sorriso tímido. Ele passou o polegar suavemente pelo meu rosto.

— Ela é respeitável — respondeu ele a Phil.

— Sim, e respeitável é uma porcaria de palavra para puritana — murmurei. — Então, por que não quer fazer comigo o que está acostumado a fazer com outras garotas quando vem aqui? — De alguma forma, pressenti que meu orgulho ferido me colocaria em apuros. Ainda assim, não pude deixá-los se safar por me chamar de puritana. Afinal de contas, saí escondida do meu quarto duas vezes por causa desse cara enquanto estava de castigo. E, no momento, estava sentada em um banquinho de bar numa boate que só abre suas portas para maiores de 21 anos.

— Você não sabe o que está pedindo, Matthews.

— Bem, não vai me matar por descobrir, certo? — Nossa, eu deveria arrancar minha língua fora.

— Tudo bem — respondeu Ryan lentamente. — Lembre-se, eu te avisei.

Capítulo 11

Lábios pressionados, encarei Hunter, mas com suas últimas palavras, ele me fez praticamente molhar as calças.

Philip, por outro lado, parecia satisfeito com a situação enquanto enchia os dois copos – o de Ryan pela metade, a pedido da irmã – com tequila e colocava uma fatia de limão em cada um.

Ryan arqueou as sobrancelhas.

— Ainda quer fazer isso?

— Não preciso beber isso, né? — *Merda*. Minha voz quase vacilou com meu desconforto crescente.

— Não, não precisa. É para mim. Você só ajuda com o limão.

Ajudar com o limão… o que isso significa? Alimentá-lo com ele? Tudo bem. Isso eu podia fazer.

— Manda ver.

Ele me deu um sorriso que me fez questionar se eu estava no lugar certo, na hora certa. Mas era tarde demais para recuar. Ele pegou o limão da tequila e brindou com o copo de Philip. Ao mesmo tempo, segurou a fatia para mim.

— Morde.

— O quê?

— *Morde* — repetiu ele.

Ele virou o boné para trás e, em seguida, virou a tequila de uma vez. Inclinei-me para frente e mordi a fruta que ele me estendia, meus olhos fixos em seu rosto. O sabor azedo me fez fazer uma careta. Afastei-me. Ryan jogou a fatia de lado e segurou meu pescoço, puxando-me para perto. Tudo aconteceu tão rápido que nem consegui lamber o limão dos lábios.

Mas ele lambeu. E meu coração parou.

Ele percorreu meu lábio inferior com a língua, limpando o resíduo e deu uma mordiscada leve. Depois, sua língua deslizou entre meus lábios entreabertos com uma lentidão sensual, enviando pequenas ondas de choque de prazer até as pontas dos dedos das mãos e pés.

O sabor da bebida e do limão ficou para trás quando ele se afastou alguns centímetros. Com a mão ainda no meu pescoço, olhou para mim com algo que parecia um pedido de desculpas nos olhos. Isso e satisfação.

Eu? Provavelmente parecia um gato que acabou de

ser jogado em água fria. Atordoada a ponto de não conseguir emitir som algum.

— Obrigado por ajudar com o limão — disse ele, com a voz tão baixa que tive de ler seus lábios.

Respirei devagar, mas meu coração batia acelerado.

— Aham. Disponha.

Minha perplexidade e boca aberta alimentaram sua diversão. Ryan inclinou a cabeça, quase permitindo-se soltar o sorriso que tentava conter. Por fim, sua mão deslizou do meu pescoço e ele se virou para o cunhado, mas me manteve por perto.

Rachel percebeu meu rosto espantado e me ofereceu sua compaixão com um dar de ombros tímido. Ela contornou seu irmão e me envolveu em uma conversa que me deixou sem muito tempo para respirar. Não era exatamente o que eu desejava fazer agora, quando o gosto de Hunter em minha boca era tudo em que conseguia pensar. No entanto, essa mulher era insaciável. Queria saber tudo sobre mim, até o que eu gostava de comer no café da manhã.

— Ela é o demônio disfarçado, caçando possíveis cunhadas. Não assine nada que ela te peça — Ryan disse por cima do meu ombro, e notei a faísca em seus olhos ao me lembrar da certidão de casamento que seus pais pareciam pedir a qualquer visitante feminina que frequentasse sua casa na praia. Estremeci, mas ri quando Rachel deu um tapa no ombro dele pelo comentário.

— Deixa eu te salvar da Inquisição Espanhola. — Ele agarrou minha mão, puxando-me para fora do banco sem me dar chance de argumentar. No entanto, estava tudo bem para mim, desde que eu não tivesse que responder mais perguntas. Ou foi o que pensei, até perceber para onde exatamente Hunter estava me levando.

— Você está de brincadeira comigo, né? — Não segui seu puxão e o fiz parar na frente do palco.

Ele sorriu por cima do ombro.

— Não.

Minhas mãos começaram a tremer quando ele me guiou pelos degraus. Ele me soltou para falar com o homem atrás da mesa de som. A música tocando no bar cessou, e um silêncio estranhamente assustador se instalou. Entrei em pânico, com suor brotando na testa. A boca secou e a garganta apertou; virei-me para encarar as pessoas. A boate subitamente pareceu dez vezes maior do que quando entramos, com milhares de pessoas a mais... todas me observando.

Meu Deus.

Sem chance, eu não ia cantar na frente de todos. Agarrando o que restava da minha sanidade, meu olhar correu para a escada, e comecei a caminhar nessa direção. Porém, os braços de Ryan me envolveram pela cintura e ele me arrastou até o microfone. Paralisada, não consegui nem resistir.

— Ah, mas você vai pagar por isso — murmurei ríspida, sentindo meu corpo tremer.

Ele riu em meu ouvido, se divertindo.

— Você pode me odiar mais tarde. Agora, nós vamos cantar.

A música começou com uma batida forte. Reconheci a melodia imediatamente, um pouco aliviada, pois conhecia de cor o *remix* dessa música antiga. Alguns segundos na melodia, Ryan cantou alto no microfone:

— Almost Heaven... West Virginia...

Eu não cantei.

Fiquei ali, rígida e boquiaberta com ele, sem acreditar que ele estava fazendo isso comigo. Queria chutá-lo, dar um tapa, gritar com ele, e tinha certeza de que ele viu tudo em meu rosto horrorizado. E o que ele fez? Colocou o microfone na frente da minha boca. Não tive escolha senão cantar *Country Roads* com ele, se eu não quisesse parecer uma completa idiota na frente das pessoas. Então... eu cantei.

Minha voz ecoou pelos alto-falantes acima do palco. Tenho que admitir, não era tão ruim assim. O sorriso de Ryan se alargou conforme ele continuava a cantar comigo. E descobri que conseguia manter a voz firme e seguir a letra, desde que me concentrasse em seus olhos encorajadores. Quando a música acelerou, até consegui esboçar um sorriso. Estranho, mas à medida que os segundos passavam, e eu não estragava a música, comecei a gostar.

Não demorou muito para as pessoas começarem a cantar conosco.

Pela maneira descontraída como Ryan lidava com isso, movendo-se suavemente ao ritmo, marcando o passo, fiquei imaginando quantas vezes ele já havia vindo aqui antes. Caramba, ele era incrivelmente atraente cantando e dançando com a música.

De repente, ele me deixou sozinha com o microfone. Minha recém-descoberta coragem desmoronou em um segundo, junto com meu estômago. Segui-o com o olhar enquanto ele se posicionava atrás de mim e eu continuava cantando. Pegando minhas mãos, ele as levantou acima da minha cabeça e as moveu no ritmo da música. O público acompanhou, cantando e nos aplaudindo. Foi incrível.

O calor de seu corpo pressionado contra minhas costas me deu a sensação de segurança outra vez. Ouvi sua voz no meu ouvido conforme cantava comigo, mas o resto da boate só me ouvia. Eu ainda o odiava. Mas precisava admitir que foi divertido assim mesmo. E eu sorri.

A música finalmente acabou. Esforcei-me para controlar a respiração e passei a mão para enxugar o suor da testa. Assobios e aplausos nos encorajaram a cantar outra música.

Ryan deu um sorriso tentador.

— O que você acha?

— Acho que vou te matar. — Dei risada. — De jeito nenhum faremos isso de novo. — Desta vez, não lhe dei escolha. Agarrei sua mão e o puxei do palco comigo.

Rachel se juntou a seu marido atrás do bar, os braços dele envolvendo sua cintura enquanto ambos nos observavam nos aproximar.

— Aquilo foi incrível — disse ela, sorrindo para mim. — Vocês realmente fariam um casal lindo.

Depois do horror que ele me fez passar?

— É, sei. — Eu ri, alto demais, ainda cavalgando na onda da adrenalina. Olhei para o meu relógio de pulso e decidi que quinze para a meia-noite era uma boa hora para ir embora. Nos despedimos da família de Ryan e fomos para o carro dele.

O ar fresco no meu rosto foi maravilhoso. Pressionei as mãos contra o rosto ardendo.

— Quer dirigir de novo?

Virei-me para olhá-lo, os joelhos ainda um pouco bambos.

— Acho que vou deixar essa passar. Do jeito que me sinto agora, posso muito bem abraçar uma árvore com seu carro.

Sorrindo, ele passou o braço em volta dos meus ombros e me guiou até o lado do passageiro. Segurou a porta aberta para mim.

Os postes de luz iluminavam o interior do carro em intervalos regulares enquanto ele me levava para casa numa velocidade normal. Observei as luzes passando pela minha janela por um tempo, depois inclinei a cabeça para o outro lado e observei Ryan dirigindo, o que era uma visão ainda mais cativante.

Ele correspondeu ao meu olhar com uma rápida olhada para mim.

— Você curtiu esta noite?

Eu definitivamente curti *ele*.

— Foi bom. — Dei de ombros, mas então mordi o lábio e decidi que poderia lhe oferecer algo mais próximo da verdade. Com um sorriso sarcástico, acrescentei. — Na verdade, foi muito legal. Mas eu ainda te odeio!

— Eu sei. — Sua risada ecoou dentro do carro. — Peço desculpas por ter te arrastado para o inferno naquele palco.

— E você *deveria* pedir mesmo.

Quando os faróis de outro carro iluminaram o para-brisa, suas sobrancelhas se franziram levemente. Ele esperou até a pista ficar vazia novamente e então perguntou.

— E a surpresa do limão?

— O que tem isso?

— Eu deveria me desculpar por isso também?

Pedir desculpas por ter sido meu primeiro beijo?

Calor fluiu por mim ao me lembrar de quão suaves eram seus lábios. Ainda bem que ele não podia ver como meu corpo reagiu tensamente à lembrança. Tentei manter o tom casual.

— Não. Eu só devia ter prestado atenção no seu aviso.

— Sim — Um brilho diabólico cruzou os olhos. — Ou talvez... não.

— Ou talvez não... — concordei, sentindo meu rosto esquentar de vergonha.

— Você gostou? — Na pista sem curvas, ele me lançou um rápido olhar, me provocando com seu sorriso sedutor torto. Não respondi, ele voltou a olhar para frente e riu baixinho. — É, você gostou.

Meus lábios se contraíram. Virei a cabeça de volta para o lado da janela e decidi guardar meus pensamentos para mim.

Ryan parou o carro algumas casas antes da minha, para que meus pais não me vissem. Conforme ele me acompanhava até em casa, notei a luz acesa no quarto de Tony e gostaria de saber o que ele estava fazendo esta noite para ainda estar acordado. Entretanto, não era da minha conta, como descobri nesta tarde. Desviei os pensamentos para outra direção. Na direção de Ryan Hunter.

Ele me fez sorrir pela maneira como me olhava enquanto caminhávamos. Na frente do quartinho, ele se posicionou, com os pés firmemente plantados no chão. Sabia que seria catapultada para o telhado outra vez, e eu não gostava disso.

— O que me diz, Matthews? Vamos fazer isso de novo algum dia?

Ficar na farra até meia-noite?

— Talvez devêssemos. Mas vamos esperar até meu castigo acabar. Eu realmente odeio entrar e sair igual a um bandido.

Ele riu baixinho e me lançou sobre o telhado. Um gemido escapou dos meus pulmões quando caí de bruços e me arrastei para cima, balançando as pernas sobre a borda. Sim, agilidade e eu não éramos companheiras.

— Boa noite — sussurrei, indo para o meu quarto.

— Noite.

Entrei sorrateiramente no meu quarto e peguei um short e uma regata, refletindo sobre o dia e como ele terminou de forma estranha. Beijada por Ryan Hunter. Foi uma loucura. Eu era completamente apaixonada por Tony e, ainda assim, passei a língua sobre os lábios, sonhando com os olhos castanhos intensos de Ryan.

Caramba, ele também estaria pensando em mim agora?

Com um longo suspiro sonhador, me esparramei na cama, alcançando o abajur na mesa de cabeceira. Mas assim que a luz se apagou, um farfalhar na árvore e depois passos no telhado do quartinho me fizeram acendê-la novamente. Meu coração disparou. Só podia ser Tony. Ele devia ter me visto chegar em casa. E eu não tinha certeza se queria vê-lo agora. Não só porque ainda estava magoada por ele estar com aquela garota. Mas porque eu preferia ver outra pessoa de novo – de olhos castanhos sedutores. Ah, droga. Me arrastei para fora da cama e esfreguei as têmporas, que de repente começaram a doer.

E, então, lá estava ele, sentado no peitoril da janela, balançando as pernas. Engoli em seco, dando um passo descalço para trás.

— Hunter. O que *você* está fazendo aqui?

Capítulo 12

— Esqueci de uma cois.

— Você não pode simplesmente vir aqui. Já estou de pijama. — Meu argumento foi fraco como a batida de uma mariposa. Na verdade, não me importava com as minhas roupas atuais. Tudo o que importava era que ele estava aqui. Uma explosão de adrenalina tomou conta de mim.

Ryan caminhou até mim com aquele olhar predatório e um sorriso malicioso. Seu olhar desceu pelas minhas pernas expostas. Um tremor deixou um rastro de arrepios na minha pele.

— Nunca vi nada mais *sexy* do que esse short em você.

Ele fez tudo ao meu redor evaporar quando enganchou o dedo no cós do meu short e me puxou para mais perto. Minhas mãos subiram para seu peito. Surpresa, fiquei boquiaberta olhando para ele, com os olhos arregalados.

Estava perto demais. Mas eu não conseguia parar de olhar para ele, para seus lábios… Dane-se Tony e o amor que eu guardava por ele.

— Você se esqueceu de uma coisa? — Diabos, eu soava mais como um sapo do que eu mesma. — Que coisa?

Ryan tirou o boné e o jogou na minha cama. Sua mão se moveu em volta da minha cintura, me puxando ainda mais perto, a outra espalmada contra o meu rosto e pescoço. Ele se inclinou tão devagar que pensei que ia morrer de ansiedade. Seu olhar se moveu para os meus lábios e de volta para os meus olhos. Ele baixou a cabeça.

O primeiro toque suave de seus lábios nos meus fez com que eu fechasse os olhos. Permiti que ele me abraçasse, me guiasse, abrisse a minha boca com o beijo dele. Um pouco tímida, eu subi as mãos e circulei seu pescoço. Ele pareceu gostar disso porque me pressionou mais contra si. Meus seios estavam espremidos entre nós. Sua língua roçou a minha, bem devagar no começo. A intimidade desse movimento me fez estremecer até a alma.

Ryan enfiou a mão no meu cabelo. Quando ele aprofundou o beijo, eu finalmente respondi com um gemido surpreendente. Deixei que ele me envolvesse em uma dança de lábios e línguas; às vezes ansioso, e depois, suave. O maravilhoso cheiro almiscarado de sua loção pós-barba encheu minha cabeça, e eu soube que o perfume ficaria gravado para sempre em mim com a lembrança dele sacudindo o meu mundo essa noite.

Ele se afastou e esperou que eu abrisse os olhos. Com um sorriso torto, ele encostou a testa na minha.

— A propósito, sei seu nome desde o dia em que você veio assistir ao treino de futebol de Mitchell no nono ano, Liza.

Mordi o lábio, segurando um sorriso diante de sua surpreendente confissão.

— Sabia mesmo?

Seus lábios se diluíram em um sorriso divertido.

— Mm-hm. — Ele esfregou o nariz contra o meu, depois, voltou a possuir minha boca em um beijo sedutor e lento. Suas mãos começaram a explorar por baixo da regata, deslizando sobre a pele sensível ao longo das costas.

Eu me rendi a ele, meus joelhos ficando mais fracos com o calor que ele acendeu dentro de mim, mas ele segurou parte do meu peso com um abraço firme.

— Mas que porra é essa!!!

Ryan foi puxado para longe de mim tão rápido que não tive chance de protestar, a não ser com um grunhido, lutando para me manter de pé.

— Tire suas malditas mãos dela!

— Não! Tony! — Um grito abafado escapou de mim quando ele socou Ryan com força no queixo.

Meu Deus! Meu Deus! Meu Deus!

Ryan recuou um passo e se segurou antes de bater no meu armário. Corri em sua direção, porém, ele estendeu a mão e me parou com uma expressão brava que fez meu sangue gelar. Ele passou a língua sobre o lábio ferido e limpou o sangue com o dorso da mão. No instante seguinte, prendeu Tony contra a parede, seu antebraço pressionado na garganta dele.

— Vou deixar essa passar porque você é meu *amigo*, Mitchell — rosnou ele, tão perigosamente quanto um lobo raivoso. — Mas faça isso de novo e você morre.

— Você não me assusta, Hunter.

Nunca tinha visto Tony tão furioso. Ele ignorou o aviso de Ryan e deu uma cabeçada no nariz dele. Minha cabeça explodiu em pânico. Eu não conseguia me mover, paralisada pelo choque que me dominava. Pelo olhar furioso nos olhos de Ryan, ao cerrar os dentes, era evidente que Tony tinha acabado de assinar sua sentença de morte.

Com receio pelo meu melhor amigo e não menos consternada pelo nariz sangrando de Ryan, forcei-me a me recompor e me coloquei entre eles, uma mão apoiada no peito de cada um.

— Não. *Não!* Vocês não farão isso. Não no meu

quarto — murmurei ríspida. — E não por minha causa. — Então, olhei feio para os dois, com o medo insano de que meus pais acordariam e me matariam por ter dois garotos no meu quarto na calada da noite.

Quando não deixei que se pegassem, os dois respiraram fundo, e o sacudir dos meus ossos por segurá-los aliviou um pouco. Eu me virei para Tony, o prendendo no lugar com o horror que senti.

— *Por que veio aqui?* — E arruinou o momento mais lindo da minha vida. Seu idiota!

— Tinha que me certificar de que esse babaca mantivesse as mãos longe do seu corpo.

Ryan olhou para ele por cima do meu ombro. Ao contrário de Tony, ele estava incrivelmente calmo, o que me assustou ainda mais.

— Você escolheu um momento e tanto para aparecer.

— Parece que cheguei na hora certa. Você não vai voltar a tocá-la.

— Tenho certeza de que Liza pode falar por si própria e não precisa de *você* para cuidar dela. — Com essas palavras, Ryan colocou as mãos nos meus quadris e me moveu para o lado.

Não estava certa se aquilo foi uma boa ideia, mas, com Tony tão furioso, de algum modo agradeci por não estar mais em seu caminho. Ryan posicionou-se de forma protetora ao meu lado e encarou Tony com um olhar firme.

— Isso não é da sua conta.

— Ela é minha amiga e, com toda a certeza, *é* da minha conta — soltou Tony.

— Qual é o seu problema, cara?

— *Você*. Essa merda acaba agora. Não pedi que fosse tão longe com ela.

Ryan tensionou-se.

— Cala a droga dessa boca, Mitchell — advertiu ele, com uma voz agora letalmente calma.

Mas, de repente, eu não queria que Tony se calasse. Na verdade, eu queria entender o que ele estava insinuando.

Dando um passo em sua direção para provocá-lo, Tony continuou.

— Não disse que era para você dormir com ela quando te pedi para distraí-la.

Ao ouvir suas palavras, senti um nó no estômago.

Era informação demais em tão pouco tempo. Encarando o rosto preocupado de Ryan, estreitei os olhos.

— Distrair? — Nenhuma voz verdadeira saiu de mim. Eu tinha ouvido essa palavra demais essa noite.

Lábios apertados, sua mandíbula se endureceu.

— Não é bem assim…

— Não? — Era o que então? A boate, o beijo. Ele me deixar dirigir seu carro. Foi tudo parte do seu brilhante plano para me *distrair*. E ele foi enviado por Tony, que só queria se sentir melhor – fazer uma boa ação para a velha amiga que ele havia magoado. Tive vontade de me enrolar no chão e gritar com a injustiça da minha vida.

— Mentira, é claro que é assim — respondeu Tony antes que Ryan pudesse dizer algo mais. — Ele me ligou esta tarde, querendo saber por que você quis parar de jogar futebol de repente. Eu pedi que ele te fizesse parar de pensar... bem... — Ele olhou para mim, envergonhado, mas sua voz ficou mais calma. — Em *nós*. Sabia que você não queria me ver, porém, não suportava pensar em você no seu quarto sozinha, chorando. — Então, seu tom endureceu ainda mais do que antes. — Mas agora, pensando melhor, foi uma péssima ideia desde o começo. Você merece algo melhor que ele. Tudo o que ele quer é transar com você. Não é, Hunter?

Espera um pouco.

— Eu mereço coisa melhor? — Não dava para acreditar que ele diria algo tão banal assim quando ele tinha escolhido a garota *Barbie* em vez de mim. — Quem então, Tony? *Você*? — O cinismo pingava de cada sílaba.

— Eu servi para você nos últimos dez anos.

Você serviu. Até esta tarde, quando arrancou meu coração do peito.

Ryan empurrou Tony e o encarou, veneno escoando de seu olhar.

— *Agora* você começa a lutar por ela? Seu maldito idiota!

— Não tenho que lutar por ela. Não com você. Ela nunca te quis.

— Pode ser que ela queira agora. E isso te assusta pra caramba, né? Desistiu dela, mas não quer que ela esteja com outra pessoa. Você é ridículo.

Se eu olhasse por esse lado, ele realmente era. Mas como é que de repente eu tinha dois caras furiosos brigando por mim no meu quarto? Não pode ser verdade. Analisei o rosto de Tony.

— O que está acontecendo? Você me disse que está com a Chloe. Então, por que está no meu quarto no meio da noite?

Ele me lançou um olhar que dizia que ele preferia não falar com Hunter no quarto. Senti uma forte náusea. Instintivamente, agarrei a borda da minha escrivaninha em busca de apoio.

— Não é difícil de adivinhar — Ryan respondeu à minha pergunta, entretanto, ele manteve os olhos fixos em Tony. — Você dormiu com a Chloe. E ela te chutou como eu te disse que ela faria, não é?

Tony ficou em silêncio.

Ele. E Chloe. Nus. Na *mesma* cama.

Um grito começou dentro da minha cabeça que ameaçou estourar meus ouvidos por dentro. Meus joelhos cederam e eu desabei na cama. Tony estendeu a mão para mim, mas eu me arrastei para longe dele, a garganta doendo quando forcei a respiração para levar ar aos meus pulmões.

— Não se atreva a me tocar!

Ele colocou um joelho no colchão.

— Por favor, Liz...

— Não! — Eu dei um tapa nele, pela primeira vez na vida, e a cabeça dele virou para o lado com a força da minha mão. — Vá embora!

Tony respirou algumas vezes, focado em mim, o maxilar cerrado. Percebi que ele não desistiria, então, estreitei os olhos, preenchida por todo o despeito e frieza que eu era capaz de sentir.

— *Agora!*

Com isso, ele finalmente recuou. Tony soltou um grunhido frustrado e saiu pela janela. Nós dois sabíamos que um dia conversaríamos de novo, mas eu decidi que esse dia estaria num futuro bem distante.

Ryan o observou em silêncio, depois se virou para mim, com sangue escorrendo do nariz e do lábio inferior. Ele os limpou, deixando uma linha escarlate marcada na parte de trás de sua mão.

— Eu realmente não...

— Pare! Não sei qual de vocês me deu mais nojo esta

noite. — Tony, pelo que fez com Chloe quando eu ainda o amava. Ou Hunter, que se revelou o babaca que eu sempre suspeitei que fosse, me arrastando para algo tão banal quanto o beijo que compartilhamos, se era apenas por *distração*. — Me deixe em paz. Acabou por aqui.

Ele não foi insensato como Tony, a ponto de vir atrás de mim com promessas quando eu estava à beira de explodir. No entanto, ele demorou muito mais para sair do meu quarto. Quase não consegui conter as lágrimas ao olhar para seus olhos suplicantes.

— Eu não vim porque Mitchell me pediu. Vim porque *eu* queria te ver de novo.

— É, sei. Como se eu acreditasse nisso. Distração, né? Me diz uma coisa, eu parecia tão triste que você achou que minha vida dependia de sua compaixão? — Fiz uma pausa para engolir a mágoa presa como uma bola rígida na garganta. — Ou você realmente só queria sexo?

Ryan apertou o ponto entre os olhos, com os músculos da mandíbula tremendo violentamente.

— Para com essa merda, Liza. Você sabe que isso não é verdade.

A verdade é que eu já não sabia mais em que acreditar. Minha cabeça doía demais para pensar essa noite. Neste momento, eu não queria ninguém perto de mim, especialmente este mentiroso.

— Saia. Não quero te ver nunca mais.

Ryan não se moveu por um minuto inteiro. Então, ele se aproximou devagar. Deliberadamente, inclinou-se para frente, colocando as mãos no colchão dos dois lados do meu corpo. Ele estava bem diante de mim, lambendo o sangue do lábio. Eu não me movi.

— Por um minuto, pensei que tinha uma chance. Mas acho que no final, Mitchell ainda será o sortudo. — Ele se aproximou ainda mais e preencheu a lacuna entre os nossos rostos. Mas que droga é essa, vindo me beijar? Respirei fundo. Porém, ele passou por mim e pegou seu boné e se endireitou, cobrindo toda a fronte com a aba. — A gente se vê por aí, Matthews.

Ryan não olhou para trás ao caminhar até a janela e desaparecer na escuridão.

Caindo deitada na cama, eu me enrolei numa bola apertada e comecei a soluçar no travesseiro. Onde estava o maldito botão para rebobinar o dia de hoje?

Capítulo 13

Dias se passaram, e eu não tive notícias de nenhum deles. Foi uma semana longa. Muito tempo, comigo pensando em muitas coisas. O foco principal eram dois momentos específicos. Um, era nos deliciosos lábios de Ryan capturando os meus. O outro, era Tony e Chloe, uma imagem que eu não conseguia tirar da cabeça. Depois da noite de terça-feira, pensei que não sobreviveria à dor que dilacerou com garras de aço o meu coração. Mas finalmente caí num estado de indiferença não só em relação a Tony e Ryan, mas também para com o resto do mundo.

Na sexta-feira, minha mãe revogou meu castigo. Ela disse que nunca tinha me visto tão ausente em toda a sua vida, ou tão pálida e distante quanto me tornei, e isso a preocupou. Sim, meu quarto era meu castelo. Não precisava de comida nem de companhia. E não sabia ao certo quando tomei banho pela última vez.

Mesmo sem estar de castigo, não vi nenhum motivo em especial para deixar meu refúgio. Que o mundo continuasse sem mim, eu não me importava. Estava contente com os onze metros quadrados deste território sob meu domínio.

Sábado à tarde, chegou a primeira mensagem. De Tony.

POSSO SUBIR?

Desde o dia em que decidimos ser melhores amigos, porque ambos adorávamos os desenhos de *Tom & Jerry*, ele nunca havia perguntado antes de vir ao meu quarto, usando a porta ou a janela. Suspirei e caminhei até a janela aberta com o celular na mão. Tony estava encostado na árvore, as mãos enfiadas nos bolsos da calça jeans. Perguntei-me se ele tinha consciência do que estava vestindo hoje; a camiseta azul e a camisa por cima, eram as minhas favoritas. E se ele tinha escolhido de propósito.

Nossos olhares se encontraram, e seu rosto trazia a palavra *desculpa* gravada em cada traço. Não sabia qual mensagem minha expressão estava enviando para ele, mas, caso ele não entendesse, fechei a janela lentamente. Para ser absolutamente clara, fechei as cortinas também.

Engraçado, no mesmo dia, Ryan tentou me ligar. Não atendi, mas decidi bloquear o número dele para não ficar tentada a atender, caso ele tentasse novamente. Não consegui dormir a noite toda, porque fiquei me perguntando se bloqueá-lo tinha sido a decisão certa, apesar de tudo. Perto das três da manhã, desbloqueei o número dele. Ele tentou me ligar mais duas vezes. Havia também uma mensagem.

POR FAVOR, FALE COMIGO.

Por alguma razão, eu queria muito responder. Sentia falta dele. Esperava que ele fosse honesto comigo e pudesse me convencer de que, no fundo, não era um babaca. Mas eu tinha medo de que ele fizesse exatamente isso, e eu seria a idiota que acreditaria nele. Portanto, mandei uma mensagem para ele:

VÁ PARA O INFERNO.

Isso, às três da manhã, bastou para calá-lo. Ele não tentou entrar em contato comigo depois disso.

Fantástico. Parecia que eu tinha conseguido o que queria. Só que eu detestei.

Alguns dias antes do começo das aulas, Susan Miller me ligou. Ela queria que eu saísse para fazer algumas compras escolares com ela. Deixei-me convencer com um telefonema de trinta minutos, e só porque estava curiosa sobre como estava o treino de futebol desde que optei por sair. E mais ainda, queria descobrir como as coisas estavam entre Ryan e Tony, e fazer compras com Susan era a oportunidade perfeita.

Ela me pegou na manhã de sexta-feira e decidimos

caminhar até a cidade em vez de ir no carro do pai dela. Esta era a primeira vez em semanas que eu ultrapassava as fronteiras do nosso jardim e pisava na civilização. Parecia que eu tinha saído deste mundo há anos. Então, fiquei ainda mais surpresa ao ver que nada tinha mudado.

— Senti sua falta no treino — confessou Susan quando entramos na *Staples*, fazendo uma careta de ânsia de vômito logo em seguida. — Hunter deixou Millicent Kerns, da aula de biologia dele, entrar no time no seu lugar. Juro que a garota parece uma avalanche quando vai para o gol. Passa por cima de tudo.

Sorri ao imaginar a cena. Com setenta e três quilos, Millicent era *só* a garota que atravessava o campo igual a uma avalanche de neve. Enquanto procurávamos por uma caixa de canetas e pegávamos vários cadernos, disse de maneira mais indiferente possível:

— Sim, eu sinto falta também. Mas depois que machuquei a perna na primeira vez, achei melhor não fazer esse esporte assassino como profissão.

Susan colocou um lápis rosa de volta na caixa e lentamente se virou para me olhar, cruzando os braços magros sobre o peito.

— Você está de sacanagem comigo?

Aquilo me chamou a atenção. Abri a boca para dizer algo, mas simplesmente não sabia o que dizer. Assim, fechei-a e a olhei embasbacada, com as sobrancelhas arqueadas.

— Todo mundo sabe que você parou de jogar porque Hunter deu em cima de você, e você não gostou.

Levei alguns instantes para processar o que ela disse.

— *Ah, é?* — Quem inventou essa mentira?

— Sim. Bem… é verdade, não é?

Se eu continuasse hesitando entre as respostas como estava fazendo, as pessoas poderiam começar a me considerar um pouco lenta.

— Não exatamente.

Seus olhos se estreitaram. A pequena Susie parecia um pouco confusa.

— O que você quer dizer com *não exatamente*? Ele não deu em cima de você?

— Ele deu. Estava falando da parte do "eu não gostei".

— Uau, então, você gostou?

Gostei?

— É, acho que sim.

Susan riu como se essa fosse a notícia mais interessante que ela ouvira em semanas. Pegou alguns cadernos e os colocou no carrinho de compras. Então, parou de repente, virando-se para mim, parecendo prestes a explodir.

— Então, por que, pelo amor de Deus, você deixou o

time?

Mexamdo com os cadernos na mão, dei de ombros.

— É um pouco complicado. — E não era algo sobre o qual eu gostaria de falar. Com seus olhos fixos em mim, suspirei e decidi soltar tudo. — Ele me beijou e eu gostei, tá? Só que ele não fez isso pelo motivo certo. Não porque gostava de mim de verdade. Foi mais como um favor para um amigo.

— Você é doida, querida? Ryan Hunter está completamente enfeitiçado por você.

Quando ela enfatizou cada sílaba, meu queixo caiu.

— O quê?

— Você tem noção de quanto tempo ele levou para convencer Tony a levá-la em uma das festas dele?

— Está falando sério?

Ela assentiu vigorosamente.

— E você foi a única que entrou para o time sem marcar um gol nas seletivas. Eu sabia porque precisei marcar dois gols para realmente provar que era boa.

— Espera, isso não é verdade. Acertei bem no peito do Frederickson.

O sorriso de Susan me irritou.

— Preciso dizer as regras do futebol para você? Um gol não é onde você acerta o goleiro.

Droga, ela estava certa.

— Mas Tony e Ryan me disseram para chutar nele.

— Porque essa era a maneira mais fácil de você ter

sucesso.

Dei um tapa na testa e cerrei os dentes. Ryan realmente havia me tratado de modo favorável. Mas por que faria isso?

Como se respondesse às minhas perguntas silenciosas, Susan inclinou a cabeça, franziu os lábios e cantarolou em um tom irritante de *eu te disse*.

— Ele gosta de você.

— Sim, talvez — concordei baixinho.

— Daí, o que vai fazer? Voltar a jogar?

— Não.

Ela fez beicinho.

— Por que não?

— Eu te disse, é complicado.

— Ainda está apaixonada por Tony. É isso, não é? M&M nunca irão realmente se separar.

Naquele momento, me arrependi de ter vindo à cidade com Susan Miller, a rainha das reclamações do Grover Beach High. Se ela não fosse tão doce com aquele jeitinho intrometido, eu já teria me virado e saído da loja.

— Acho legal que você o tenha perdoado. *Chloesetta* Summers foi só um erro estúpido, no fim das contas.

— Chloesetta? — Bufei, rindo com o nome.

— As garotas do time a chamam assim porque ela tem a capacidade irritante de arrastar todos os garotos para o *closet* e dar uns amassos com eles. Acho que o nome combina.

Eu também. No entanto, não conseguia acreditar no quanto Susan sabia sobre minha vida particular. E com ela, todo o time de futebol, pelo visto. Talvez fosse hora de esclarecer alguns fatos.

— Acho que Tony e eu jamais seremos o que éramos antes de *Chloesetta* colocar as garras nele.

Seu nariz enrugou quando ela torceu a boca de lado.

— Que pena. Vocês eram como algo único e certo em um mundo de mudança conforme crescíamos.

Era uma pena. Mas eu não queria que nossa conversa seguisse por esse caminho. Então, dei de ombros e a arrastei até o caixa, onde esperamos na fila para pagar nossas compras. No entanto, minha curiosidade logo me venceu.

— Como Tony e Hunter estão se dando bem durante o treino, afinal? A última vez que os vi, um deles saiu com um nariz sangrando.

— É sinistro. Gritam um com o outro, ou não se falam. Ninguém que os vê agora acreditaria que eram tão *próximos desse jeito* — cruzou os dedos para enfatizar — , só há algumas semanas.

Fiquei magoada de uma maneira estranha ao ouvir isso. Sabia o quanto Tony idolatrava Ryan. A amizade entre eles era antiga. Pensar que eu havia causado um conflito entre eles me aborreceu profundamente. E à medida que isso se aprofundava em mim, soube que o havia perdoado. Ele havia sido um grande babaca há algumas semanas, mas tinha sido meu melhor amigo a vida inteira. Talvez fosse hora de vê-lo. Esclarecer as coisas entre nós e reparar nossa amizade, se possível.

Por todas as reclamações que Susan fez naquela tarde, ainda fiquei feliz por ter saído com ela. Nós nos despedimos na minha porta, mas em vez de ir para o quarto, deixei a sacola com os cadernos e canetas na prateleira do corredor e saí novamente.

Vestindo meu top de alças finas, a brisa úmida da noite tocou meus braços e ombros expostos enquanto caminhava os poucos passos até a casa de Tony. Depois de tanto tempo sem vê-lo, meu coração disparou violentamente ao tocar a campainha.

Capítulo 14

Eileen Mitchell abriu a porta.

— Oi, Sra. Mitchell. Tony está?

Seu rosto, que se iluminara ao me ver, agora se transformava em uma expressão de desculpas.

— Desculpe, querida. Por dez minutos você tinha pegado ele em casa.

Que ótimo. Quanta sorte minha.

— A senhora saberia aonde ele foi?

Eileen fez que não com a cabeça.

— Devo mandá-lo te procurar quando chegar?

Ela deveria? Franzi o cenho.

— Não. Acho que vou ligar para ele.

Ela sorriu, concordou com a cabeça, fechou a porta, e eu me afastei, caminhando desanimadamente pelo jardim da frente. Peguei meu celular, mas, de alguma forma, não queria falar com ele assim. Então, enviei uma mensagem.

ONDE ESTÁ VOCE?

MARCO ZERO foram as duas palavras que ele respondeu. E eu nem havia chegado na minha porta ainda.

Isso me animou. Peguei minha bicicleta do quartinho e pedalei até o pequeno lago onde Tony e eu tínhamos passado várias tardes muito agradáveis. Não era exatamente um lago; mais parecia um açude no meio da floresta. Nós sempre chamamos esse lugar de Marco Zero porque, há cerca de dez anos, Tony encontrou uma caixa estranha com seis bolas de metal. Ele insistia que eram feitas de *Trilítio* – o famoso composto de energia conhecido por naves estelares. Esperamos pelo retorno dos alienígenas por uma semana. Naquela época, mal conhecíamos o jogo de Bocha, o boliche ao estilo italiano.

Vi Tony sentado no velho tronco, tão longo quanto um banco de parque. Encostei a bicicleta na árvore mais próxima, transpus o tronco caído e me sentei ao lado dele. Não trocamos uma palavra.

Observar o pequeno lago por algum tempo nos ofereceu a chance de nos reconciliarmos silenciosamente. Quando o concerto dos sapos transformou o entardecer numa noite romântica, apoiei a cabeça no ombro de Tony e soltei um suspiro que parecia estar preso no peito desde a última vez que ele havia saído pela minha janela.

Seu braço envolveu meus ombros, sua bochecha

pressionou contra minha testa. Era como em todas as vezes anteriores em que estive em seus braços, totalmente satisfeita, completamente segura. Mas, desta vez, não senti arrepios. Nada de frio na barriga. Nenhum coração batendo aceleradamente de euforia. Era como se toda a emoção tivesse se esvaído de mim.

Por um lado, eu sentia falta disso. Por outro... não. Sabia por que não sentia mais aquilo. Ele me machucara de uma forma que estava além do conserto. Mas, de alguma forma, até isso estava bem. As coisas mudaram. Estávamos crescendo. E eu não podia ficar zangada com ele por isso.

— Desculpa. Não pretendia estragar o seu verão sendo o mestre da terra dos babacas — disse ele com o tom muito calmo.

Deixei o pedido de desculpas pairar no ar por alguns momentos.

Finalmente, desvencilhei-me de seu abraço, levantei as pernas sobre o tronco e abracei os joelhos, ficando cara a cara com ele.

— Por que nunca aconteceu conosco? O lance do casal, eu quero dizer. Passei mais tempo da minha vida com você do que com qualquer outra pessoa. Nos abraçamos, brincamos, conversamos. Nós fizemos tudo juntos. Por que nunca nos beijamos? — Incrível. Alguém podia pensar que eu tinha entornado meio engradado de soda batizada para ser capaz de balbuciar com tanta sinceridade e não me envergonhar nem um pouco.

Tony coçou a nuca, dando-me um sorriso forçado.

— Não sei. Talvez ficarmos juntos fosse normal demais pra gente. — Ele lambeu o lábio inferior. Jogando uma perna sobre o tronco, sentou-se de frente para mim e agarrou meus tornozelos. — Pelo menos foi assim para mim. Eu meio que contei com você para sempre ao meu lado. Seu amor por mim era permanente. Por que eu teria que me preocupar em te perder?

Porque Ryan Hunter apareceu enquanto você estava ocupado com outra pessoa.

— É, por que você se preocuparia?

— A questão é, eu nunca pensei que iria doer tanto te ver beijando outro cara. Você me fez aprender essa lição da maneira mais difícil.

— Você sabe que eu sempre quis que você fosse o meu primeiro beijo. — E o meu último, aliás. O fato de eu poder dizer isso a ele agora me fez imaginar até que ponto eu realmente me distanciei dele emocionalmente.

— É tarde demais, suponho. — Tony inclinou a cabeça, exibindo seu típico sorriso tímido. Eu ainda o amava por isso, pelo menos. Subitamente, ele segurou meus tornozelos com mais firmeza, afastou minhas pernas e se aproximou. Quando os soltou, minhas coxas repousaram sobre as dele. Estávamos sentados numa posição diferente e muito *íntima*. Seu rosto estava tão perto que pude contar os cílios em suas pálpebras.

Notei que ele estava a milímetros de me beijar. E, de repente, eu estava sorrindo.

— Não vai mesmo fazer isso, né?

— Por que não? — O sorriso não desapareceu totalmente de seus lábios. — Acho que em consideração a todos aqueles anos em que eu te dei a maior parte do meu edredom quando você dormiu na minha cama, nós deveríamos pelo menos tentar.

Eu não sabia o que dizer, então, fiquei em silêncio. E então, Tony eliminou o último espaço entre nós e me beijou. Lentamente. Sensualmente. Exatamente como eu sempre quis que ele fizesse. Seu sabor era perfeito. Aconchegante, doce, natural... tudo o que eu esperava. Suas mãos segurando as minhas eram um afago suave.

Quando me afastei, seus olhos azuis calorosos examinaram meu rosto. Pequenas covinhas surgiram em suas bochechas.

— Não vai acontecer de novo, né?

Um suspiro escapou de mim na forma de uma risada suave.

— Por que pensa isso?

Ele acariciou meu queixo com a mão.

— Porque um beijo meu, obviamente, falhou em te fazer estremecer do jeito que um único olhar de Ryan Hunter faz.

Ri novamente. E desta vez, senti meu rosto esquentar um pouco. Sim, só de pensar em Ryan me afetava assim.

Tony voltou à sua posição anterior e eu à minha. Com o rosto apoiado nos joelhos, observei a lua branca subir acima das copas das árvores. Ao meu lado, Tony pegou seu celular e digitou rapidamente.

— O que está fazendo?

— Mandando mensagem para um amigo. — Quando ele terminou, enfiou o aparelho de volta no bolso.

Passamos minutos observando o céu juntos. Embora a situação fosse tranquila e silenciosa, parecia estranha para ambos. Como se nenhum de nós soubesse o que dizer. Um sentimento que não nos era comum. Senti um alívio quando ele desviou o olhar do céu e disse:

— O pessoal vai assistir *Os Vingadores* nesse fim de semana. Quer ir?

Queria saber quem era *o pessoal*. Eu sabia através de Susan que Tony não estava mais falando com Chloe. Mas se ela fosse junto, com certeza eu não iria.

— Talvez. Quem vai?

— Andy, Sasha, Alex. Ele está com a Simone agora, a propósito. Frederickson virá se não tiver que tomar conta de seu irmãozinho. E, é claro... ele. — Ele apontou com o queixo na direção atrás de mim.

Isso definitivamente disparou um choque em mim. Virei-me rapidamente, endireitando a coluna.

Ryan Hunter se aproximava, as mãos nos bolsos da

calça jeans, as mangas da camisa preta arregaçadas até os cotovelos. Fiquei boquiaberta, surpresa por vê-lo tão inesperadamente. O bater do meu coração estava tão alto que eu estava certa de que ele poderia ouvi-lo. Ele me cumprimentou com um aceno de cabeça breve e um sorriso torto e discreto.

— Estou interrompendo alguma coisa? — perguntou ele, seus olhos fixos em mim.

— Não. Eu já estava de saída.

Hein, o quê? Meu olhar foi para Tony, que se levantou do tronco e parou ao meu lado.

— O que você está fazendo? — sussurrei, horrorizada, só agora percebendo para quem ele tinha enviado a mensagem.

Ele inclinou-se para sussurrar no meu ouvido.

— Corrigindo um monte de erros. — Conforme se afastava, ele piscou. — Te vejo depois.

Oh, eu deveria ter estrangulado-o com as minhas próprias mãos. Mas eu estava em choque e não conseguia me mover. Nem mesmo quando Tony se foi e Ryan Hunter tomou o lugar atrás de mim, sentando no tronco e passando os braços ao redor da minha cintura.

Sua respiração roçou meu pescoço, seu peito musculoso pressionando contra minhas costas.

— Me desculpa pelo que aconteceu, mas eu nunca quis te magoar. E, certamente, não tive más intenções. Eu juro.

— É, acho que sei disso. Susan me contou algumas coisas interessantes hoje.

— Ela contou? — Pude ouvir claramente como isso o deixou um pouco desconfortável, porém, uma pitada de alívio encheu sua voz mesmo assim. — Então, o que vamos fazer com essa situação?

— Situação? — Engoli em seco para me livrar da secura na garganta. — O que você quer dizer?

— Quero dizer você... eu... — De repente, seus lábios estavam no meu ombro exposto, roçando em direção à curva do pescoço. — Sozinhos... neste lugar...

Sua língua traçando um caminho pela minha garganta enviou arrepios pela minha pele. Por todo lado. Nos braços, pernas. Até os pelos da nuca se arrepiaram.

— Só com os sapos para nos ver... — Ele depositou um beijo suave atrás da minha orelha.

Minha respiração parou. Minha mente procurou por uma saída dessa situação. Mas não havia nenhuma. E mesmo que houvesse, Ryan não me deixaria escapar. Sua mão subiu até meu pescoço e acariciou minha bochecha, inclinando meu rosto lentamente até que eu olhasse nos seus olhos, tão lindos quanto os de um tigre.

— O que me diz, Matthews? Devemos tentar?

Procurei em seu rosto por qualquer sinal que desmentisse sua sinceridade. Por qualquer indício de mentira. Mas não havia nada. Ele parecia estar sendo genuíno. Um sorriso relutante se formou em meus lábios.

— Só se começar a usar meu primeiro nome, *Hunter*.

Ele riu disso, suavemente, de forma melodiosa. Lindo. Seu nariz roçou minha bochecha e ele pressionou os lábios gentilmente nos meus. Um vulcão irrompeu dentro de mim, lançando lavas escaldantes por todos os lados. Mas ele ainda não me beijou. Em vez disso, afastou-se um pouco, um brilho cintilante em seus olhos.

— Aproveitando que estamos falando nisso, *Liza*... eu tenho uma condição, também.

— Você tem? Qual?

— Por ora... — Ele enfatizou cada palavra. — Serei o único a subir pela sua janela.

Agora ele me fez rir.

— Acho que posso concordar com isso.

— Você *acha*? — Ryan beliscou meu lábio inferior com os dentes.

A pequena e brincalhona mordida me rendeu completamente.

— Tudo bem, você venceu. Você será o único a subir.

Ele passou a mão pelo meu cabelo, segurando-me firme contra ele, e com a outra mão espalmada na minha barriga.

— Viu, querida, isso soa muito melhor. — Ele inclinou a cabeça e selou meus lábios com os seus. Sua respiração suave em meu rosto espalhou arrepios pelo pescoço e braços, enquanto sua língua traçava o caminho dos meus lábios fechados, pedindo permissão. Meu coração batia forte contra as costelas. Ryan deve ter sentido, pois antes de aprofundar o beijo, sussurrou contra minha boca: — Está nervosa?

Ansiosa!

— É tudo por *sua* causa — sussurrei em resposta. Então, circulei seu pescoço com minha mão, entrelaçando os dedos em seu cabelo e o puxei para mais perto. Eu estava cansada de esperar. — Vai me beijar agora ou o quê?

Seu sorriso se curvou em seus lábios, que pude sentir um instante antes dele me virar em seus braços, fazendo com que eu ficasse sentada de frente para ele, e Ryan me apertou contra si. Primeiro, com as mãos em meu cabelo, depois, em todos os lugares, ele me beijou de uma maneira que me fez vibrar internamente. Sua língua deslizou contra a minha tão devagar, tão suavemente, que pensei que morreria se ele parasse mesmo que por um momento. Mas Ryan Hunter não parou de me beijar. Ele me deu tudo que eu sempre quis em um garoto. Demorei um pouco para perceber que era isso que eu queria dele e de mais ninguém.

Com a sensação de estar derretendo completamente nele, não percebi quão rápido ou devagar o tempo passou. Para mim, pareceu apenas um segundo, ou talvez tenha durado uma eternidade. Envolvida nos braços de Ryan, eu não me importava...

Porque era perfeito.

Epílogo

Ryan fechou a porta da casa de praia e jogou as chaves no vaso de plantas na varanda. A brisa salgada do mar pouco fez para refrescar minha pele aquecida. Ele se virou para mim, encaixando os dedos nos passantes do meu jeans.

— Venha aqui, garota *sexy*.

Nossa, eu adorava aquele sorriso perigoso em seus lábios. Demais, concluí.

Suas mãos lentamente desabotoaram um botão da minha blusa.

— O que você está fazendo? — Agarrei seus pulsos. — Acabamos de sair do seu quarto. Acho que já tenho chupões suficientes por um dia ou dois. — Ele era como um lobo, marcando-me com suas mordidas. Mas, por outro lado, eu gostava tanto disso quanto dele me pressionando contra a parede agora e descendo meu top vermelho pelos ombros.

— Está quente — sussurrou ele no meu ouvido. — E você está incrível nesse biquíni. Não posso deixar que esconda isso de mim. — Ele foi mordiscando minha garganta.

Tremores quentes espalharam arrepios pela minha pele.

— Se não parar com isso, chegaremos atrasados no cinema.

— Por que eu ligaria para um filme, quando tenho a minha linda namorada só para mim?

— Tony e os outros estão esperando. — Mencionar o nome de Tony não foi muito bem recebido. Franzi o cenho ao mesmo tempo em que Ryan se tensionou e parou de acariciar meu pescoço. Sim, esse rosnado era esperado. Mas, se eu não encontrasse um jeito de fazer Ryan parar, nunca sairíamos de casa.

Devo ter enlouquecido por escolher *Os Vingadores* em vez dele.

Ele olhou para o relógio de pulso.

— Ainda temos uma hora e meia.

— Quero tomar banho antes de sairmos.

— Tudo bem. Mas isso — ele desceu a blusa por meus braços — é meu. — Ele deu um beijo rápido e firme nos meus lábios.

Segurando minha mão, ele me guiou escada acima. Amo o jeito como ele não consegue manter as mãos longe de mim, como ele me segura perto e me abraça. Ele nunca me deixa fora de vista. Certamente, ele parece um pouco possessivo nesse aspecto, e não faz esforço algum para esconder isso de mim ou de qualquer outra pessoa. Não consigo parar de sorrir.

Ele guardou meu top no bolso traseiro da calça jeans, e a peça balançou provocativamente sobre seu traseiro conforme ele se inclinava para ajustar a barra da calça até o meio da panturrilha. A visão deslumbrante me aqueceu por inteira. Ele se endireitou e eu desviei o olhar rapidamente. Seus olhos se estreitaram, um sorriso perspicaz nos lábios diante da minha reação ao calor embaraçoso inundando meu rosto.

— O que foi, Matthews? Gosta da minha bunda?

Mordi o lábio inferior, querendo negar, mas por que me dar ao trabalho? Eu amo tudo nele. Por exemplo, seus olhos castanhos vivos e sua boca, quando ele me dá aquele doce sorriso torto.

— Sim. Isso e outras coisas mais.

— Ah, é? E o que seriam?

Eu apenas sorri, provocando-o por não usar meu nome, ao não responder diretamente.

— Não concordamos que você usaria meu primeiro nome a partir de agora?

Ele arqueou uma sobrancelha, soltando de forma um tanto inocente.

— Concordamos?

— Acho que foi uma das condições, sim.

— Ah, condições, condições. — Ele riu. — Eu deveria ter feito você jurar nunca usar nada além da parte de cima desse biquíni quando estivesse comigo.

— Duvido que seja uma boa ideia. Ainda mais quando estamos na sua casa. Você me fez morrer de medo lá dentro. — Gesticulei com a cabeça em direção à casa de praia de seus pais. A única razão pela qual ele conseguiu me levar até lá foi porque insisti que ele deixasse a grande janela de seu quarto aberta para que eu pudesse fugir assim que ouvisse alguém entrar. Não queria ser mais uma garota flagrada com ele.

— Ah, olha quem ainda está preocupada. — Ele colocou uma mecha de cabelo solta atrás da minha orelha.

Ah, sim. E se ele não estivesse sorrindo de um jeito tão tolo, eu poderia acreditar em sua compaixão. Dei um tapa na mão dele.

— A culpa é sua. Você me assustou da última vez quando sua mãe entrou.

— Eu sei. Senti seu coração batendo como se fosse atravessar o peito quando eu a prendi no chão atrás do sofá. — Ele fez uma pausa. Um brilho malicioso apareceu em seu olhar. — Ou poderia ser que você estivesse apenas excitada por estar tão perto de mim?

— Você nunca vai descobrir. — Mostrei a língua para ele.

Ryan colocou o braço sobre meus ombros, e juntos voltamos para a praia.

— Sabe — murmurou ele momentos depois, com um tom sério na voz. — Conheci seus pais esta manhã. Acho que está na hora de você conhecer os meus.

Engoli em seco.

— O quê? Agora?

— Ainda tem muito tempo até o filme começar. E os dois devem estar em casa agora. Nós poderíamos dar um pulo lá antes de nos encontrarmos com o pessoal.

Meu coração batia de maneira inquieta.

— Mas você ainda não contou a eles sobre mim.

— E daí? Você não disse para os seus antes de me arrastar para a cozinha da sua casa para dizer oi.

Verdade. Aquilo foi mesmo vil da minha parte.

— Mas você é sempre legal com tudo. Sabia que não te incomodaria.

— E conhecer meus pais seria um problema para você?

— Você nem me disse como se chamam.

— Seus nomes são mamãe e papai. — Ele riu.

Revirei os olhos para ele.

— Fantástico... É como eu chamo meus pais, também.

— Sim, nomes populares. — Sua mão deslizou por meu ombro. A palma quente repousou na minha cintura, logo acima do short, enquanto ele me puxava para mais perto.

Seu toque em minha pele nunca falhava em me fazer sentir um arrepio na barriga.

— Mas talvez não seja uma boa ideia conhecê-los agora — ele comentou. — Eles nos obrigarão a ficar a noite toda e não conseguiremos chegar a tempo no cinema.

Soltei um suspiro aliviado.

Ryan tirou o celular do bolso da camisa.

— Ligando para alguém? — perguntei.

Ele assentiu e colocou um dedo nos lábios, pedindo silêncio enquanto segurava o telefone ao ouvido.

— Mãe? Oi. Só queria dizer que vamos ter uma convidada para o jantar amanhã.

Meu queixo caiu.

— Sim, uma amiga — continuou ele. — Ah, e a senhora poderia, por favor, convidar Rach e Phil também?

Mas o que ele estava planejando? Reunir toda a família para me apresentar? Deu-me vontade de arrancar o telefone da mão dele e atirá-lo nas ondas que quebravam sobre nossos tornozelos.

Ele parou e riu, afastando-se um pouco de mim.

— Não, mãe. Se fosse isso, juro que não estaria ligando. — Ele se despediu e desligou. Com delicadeza, deslizou os nós dos dedos sob meu queixo e fechou minha boca. — Temos um encontro amanhã à noite.

— Sim, eu ouvi. Então, vai me jogar lá feito um osso na frente de uma matilha?

— Não se preocupe. Estarei com você e te protegerei a noite inteira. Ninguém vai morder você. — Ele se inclinou e suavemente mordeu o lóbulo da minha orelha. — Além de mim, é claro.

Protestei, já temendo o jantar com a família dele.

— Se gostasse de mim um pouquinho, não faria isso comigo.

— Eu gosto um bocado de você, e é exatamente por essa razão que precisamos fazer isso. Agora, pare de se preocupar. Não pode ser pior do que seu pai me perguntar se eu sabia como usar um preservativo.

Ofeguei e me afastei.

— Ele te perguntou isso?

— Não exatamente. Ele mencionou algo assim para a sua mãe quando saímos da sala. Não ouviu ele sussurrando?

Eu não tinha ouvido.

— Minha nossa, que vergonha.

— Fique calma. Seus pais são ótimos. E os muffins de amora de sua mãe são incríveis. — Ele me deu um beijo na testa, depois pegou minha mão e me puxou para seguir com um sorriso no rosto. — E talvez você deva assegurar ao seu pai que eu sei como não te engravidar.

Prefiro cavar um túnel daqui até a China e desaparecer.

Caminhamos devagar até a rua onde ele havia estacionado seu carro.

— Posso pegar meu top de volta agora, ou quer que eu ande seminua no seu carro?

Seu rosto se iluminou.

— Está falando sério que eu tenho uma escolha?

— Não! — Dei risada e tentei alcançar atrás dele para pegá-lo. Mas não estava lá. — Cadê?

Ryan me olhou intrigado. Então, nós dois viramos e olhamos pelo caminho que viemos. A boa notícia foi que vimos meu top vermelho cintilante a uns quinze metros de distância. A má notícia... uma onda o pegou e o jogava para frente e para trás na praia.

Corri pela areia fofa e peguei a peça molhada e cheia de areia. Impossível de usar sobre o biquíni.

— Ah, que ótimo — murmurei, segurando a porcaria contra o sol escaldante.

— Não é o fim do mundo, Liza. — Ryan riu, caminhando até mim. Ele começou a desabotoar a camisa e a tirou. — Pode usar a minha camisa até sua casa.

Ele estendeu a mão para mim, mas eu fiquei encantada com seu peito.

Sua sobrancelha esquerda se levantou.

— Tá bom. Se não quiser...

Peguei a camisa de sua mão antes que ele pudesse vesti-la novamente e enfiei os braços através das mangas curtas, que alcançavam até meus cotovelos. O tecido branco com um discreto padrão azul parecia aconchegante na minha pele. Cheirava a Ryan, e não resisti a segurar o colarinho perto do nariz e respirar fundo. A camisa era muito longa em mim, escondendo completamente meu short.

Enquanto abotoava a camisa, um brilho totalmente novo de perigo apareceu em seus olhos. Ele se aproximou e passou os braços ao meu redor, trazendo seus lábios para perto do meu ouvido.

— Gosto de você com as minhas roupas. — Ele colocou a mão na minha bochecha. Com um movimento suave, fez-me olhar em seus olhos. — Você é muito *sexy* para o seu próprio bem, Matthews.

Capturou meus lábios e me beijou profundamente. Fiquei na ponta dos pés para alcançá-lo – bem, tentei, mas sem sucesso. Ele me puxou contra si. Senti cada um de seus músculos firmes sob a pele. Ah, eu nunca me cansaria dele. Ele só precisava morder meu lábio inferior daquele jeito brincalhão, e eu estava pronta para me entregar. O resto do mundo desapareceu da minha consciência.

Quando Ryan começou a suavizar o beijo, eu só ficava mais envolvida. Agarrei seu cabelo e o segurei no lugar, assegurando que ele não parasse de me beijar. Ainda não. Por um momento, ele respondeu com um deslizar sensual de sua língua contra a minha. Mas depois, se afastou.

— Você sabe que temos que te levar para sua casa para tomar banho, e se eu me lembro bem, nós devemos assistir a um filme.

Passei os dedos pela bochecha com barba por fazer.

— Por que eu ligaria para um filme, quando tenho o meu lindo namorado só para mim?

Ele jogou a cabeça para trás e riu.

— É, tá bom. E depois você me fará pagar por termos atrasado. Sem chance. Vai já para o carro, Matthews. Agora.

Fiz beicinho, mas não protestei quando ele me guiou até a rua. Na verdade, eu estava ansiosa para ver aquele filme, porque Tony estaria lá, e eu não o via desde a noite em que ele me deixou sozinha na floresta com Ryan. Eu precisava muito saber se estávamos bem.

Nós calçamos nossos tênis, que havíamos deixado atrás do carro, e Ryan nos levou até minha casa. Rapidamente, entrei primeiro. Como ele estava sem camisa, esperava conseguir passar pela cozinha sem que meus pais o vissem. Por sorte, a cozinha estava vazia. Mas, ao nos dirigirmos para as escadas, meu pai saiu da sala e parou imediatamente. Seu semblante sério se intensificou ao fixar o olhar em Ryan.

Antes que meu pai pudesse dizer algo, Ryan levantou meu top molhado e cheio de areia.

— Roupa molhada — explicou ele,

apressadamente. — Ela precisava de algo para vestir.

Minha mãe apareceu por trás do meu pai e acariciou seu braço, sorrindo.

— Eu te disse que ele é um cavalheiro, querido. — Ela piscou para mim e sorriu para Ryan.

Senti o calor reconfortante da vitória. Minha mãe adorava meu namorado e isso parecia tranquilizar meu pai.

— Obrigada — gesticulei sem som para ela, e conduzi Ryan até as escadas.

Tomei um banho rápido, depois vesti jeans e uma camiseta cinza com o *Mickey Mouse* estampado. Para minha decepção, Ryan tinha colocado sua camisa novamente. Mas, já era o suficiente de encantamento por hoje, e estava ficando tarde. Precisávamos nos apressar para encontrar o pessoal antes do filme começar.

Chegando ao cinema, avistei Frederickson conversando com Alex e Simone de relance. Andy e Sasha esperavam na fila do caixa. Ryan se juntou a eles, deixando-me com os demais.

— Oi. — Acenei para todos.

Simone sorriu para mim, de mãos dadas com Alex. Eles formavam um belo casal.

Senti uma pontada de ansiedade ao não ver Tony. Ele não teria desistido de vir no último minuto porque eu estava com Ryan, teria? Esperava que não.

fosse o caso.

— Onde está Tony? Ele não vem?

— Er... ele vem. — O olhar divertido de Simone se moveu para um ponto atrás do meu ombro.

— Procurando por alguém, Liz? — A voz de Tony sussurrou perto do meu cabelo.

Virei-me, incapaz de esconder meu sorriso.

— Acabei de encontrar. — Por um momento, quis abraçá-lo, mas optei por colocar as mãos nos bolsos. — É bom te ver. — Mantive minha voz baixa, para que apenas ele ouvisse.

Ele sorriu. Seus olhos azuis brilhavam com aquela familiaridade brincalhona, o Tony de sempre.

— Você está ótima esta noite. Feliz.

Concordei, aceitando o elogio. Era reconfortante ver que ainda éramos confortáveis um com o outro.

Por trás, dedos deslizaram sob o cós do meu jeans, puxando-me suavemente para trás. Ryan me olhou com um lampejo de insegurança nos olhos. Segurei sua mão e a apertei. O desejo e um sorriso dissiparam sua insegurança.

Ele cumprimentou Tony com um toque de punhos.

— Oi, Mitchell. Estamos bem?

— Claro — respondeu Tony.

Respirei aliviada. A noite prometia ser perfeita. Estava tudo bem. O que mais eu poderia querer?

Quando nosso grupo se encaminhou para dentro, Ryan me segurou por mais um momento. Virei-me para ele.

— O que foi?

— O que Mitchell te disse? — Ele não parecia irritado ou preocupado. Apenas curioso.

— Ele me perguntou se eu estava feliz.

Ele esperou um segundo, tocando sua testa na minha.

— Você está?

Amava como era fácil me perder nos seus olhos cor de âmbar. Dei um beijo suave em sua bochecha e sussurrei em seu ouvido:

— Sem dúvida.

FIM

CATÁSTROFE
do Amor
ANNA KATMORE

CATÁSTROFE DO AMOR

Existem dois lados em toda história. Este é o meu...

Beijei mais garotas no ensino médio do que gostaria de lembrar. No entanto, a única por quem sempre me interessei está apaixonada pelo meu melhor amigo.

Observar a obsessão de Liza por Tony tem sido uma tortura por anos. Mas neste verão, Tony se envolveu com outra pessoa e me pediu para distrair Liza de sua tristeza. Ora, estou dentro!

De maneira sutil, a seduzi primeiro para o meu time de futebol e, depois, para a minha festa. Ela me chama de playboy insuportável. Bem, ela ainda não me conhece. Um treino de futebol mano a mano pode mudar sua opinião. No entanto, o beijo com tequila depois não foi uma ideia tão brilhante. Ou... foi?

Excerto

Eu tive algumas namoradinhas no Ensino Médio, isso não era segredo. Mas eu nunca realmente me apaixonei. Bem, não por nenhuma das que já tive.

Mas lá estava ela. Ela desceu do carro de Mitchell, lançou os longos cabelos castanhos por cima do ombro e ajustou a camiseta rosa justa que destacava todas as coisas boas. O sol brilhante da manhã a cegou e ela apertou os olhos em fendas finas, o que fez os cantos de sua boca doce moverem-se para algo semelhante ao seu lindo sorriso. E como sempre, quando meu olhar ficava preso em Liza Matthews, sentia algo derretido no meu peito se mover.

Ela não olhou para mim. Nunca olhava. E por que o faria? Seu universo girava em torno do meu amigo de futebol, Tony Mitchell. Desde que conheci Tony, ele sempre foi parte de um pacote duplo. Ele e Liza eram o que algumas pessoas na escola chamavam de "M&M". Eu odiava esse termo. Odiava como ela estava na ponta dos pés agora, passando os braços ao redor do pescoço dele. Odiava como...

Droga! Ela ia *beijá-lo*? Meu estômago endureceu de uma maneira que me fez querer desfazer esses nós. Mas caramba, eu era um homem. Eu não revelaria o quão tenso estava. Ou assim pensei enquanto me mantinha rígido como uma tábua de passar e não conseguia desviar o olhar deles.

Eles nunca se beijaram. Liza era apaixonada por Tony, e eu apostaria minha coleção de *games Need for Speed* que ele a amava de uma maneira muito estranha e muito secreta. Mas eles *Nunca. Se. Beijaram*. E isso era bom, porque se tivessem, eu poderia ter ido até lá agora e reorganizado o rosto do meu amigo de uma maneira que nem sua família o reconheceria depois.

— Relaxa, cara. É apenas um beijo no rosto.

Virei-me para Justin, que surgiu do nada e bateu no meu ombro, soltando o suspiro que sempre guardava toda vez que Liza ficava muito perto de Mitchell.

— Sim, é melhor que seja. Eu odiaria ter que lidar com um bom amigo hoje. — sorri para Justin e fizemos o aperto de mão que praticávamos desde que saímos da escola primária e nos tornamos os garotos mais descolados que circulavam pelos corredores da Grover

Beach High.

Justin Andrews não era membro do Bay Sharks, o time de futebol da escola, do qual eu era capitão. Ele nunca se importou com futebol, na verdade, era um profissional em sua bicicleta *BMX*. O que ele fazia era incrível, mas era só para quem tinha um desejo sério de adrenalina. Saltar de pontes com sua bicicleta ou equilibrar-se em muros lhe rendeu ossos quebrados e hematomas impressionantes no rosto quase todos os fins de semana. Hoje, ele veio ver o irmão mais novo, que era apenas um ano mais novo que nós e jogava futebol no meu time.

Justin apontou o queixo para a minha esquerda. — Você vai lá se despedir dela?

— Por que eu faria isso? Nem chegamos na fase do *oi*.

— Cara, se eles não se tornaram um casal em dez anos, provavelmente nunca serão. Já é hora de informá-la sobre os outros peixes no mar que estão tentando mordê-la. — Ele coçou o queixo. — Se você não fizer, talvez eu faça. Afinal, você e aquele tal de Mitchell vão para o acampamento de futebol por cinco semanas.

Coloquei um braço em volta do pescoço dele, pressionando um pouco mais do que o necessário. De fato, se eu fosse menos cuidadoso, o garoto ficaria com o rosto azul em um minuto.

— Você pode tentar, cara. Mas saiba que nem o FBI encontraria seu corpo depois.

Ele me deu um soco nas costelas, então eu o soltei. Estávamos rindo tanto que alguns caras e seus pais viraram a cabeça em nossa direção. Nós não nos importávamos com eles, mas continuamos a brincadeira um pouco mais, até que ouvi uma voz familiar gritar meu nome.

Minha irmã se aproximou e me envolveu em um abraço do qual foi impossível escapar.

— Eu tenho que ir. Phil está esperando. Se cuida, irmãozinho.

— Sim, claro. — Tentei afastar Rachel quando ela beijou minha bochecha. Isso era aceitável em casa ou em qualquer lugar onde as pessoas não me conhecessem. Mas na frente dos meus colegas de futebol, não. — Vá embora, Rach. E cuide de mamãe e papai enquanto eu estiver fora.

— Tenho certeza de que eles são adultos o suficiente para cuidar de si mesmos, mas vou jantar com eles de vez em quando, se sentirem-se sozinhos ou sentirem falta do seu lindo bebê. — Ela riu e bagunçou meu cabelo. Então, voltou ao estacionamento perto da estação de trem.

Alguns já haviam embarcado no trem e estavam se despedindo das janelas abertas. Quando peguei minha mochila e caminhei em direção ao meu vagão, vislumbrei a última coisa que queria ver aquela manhã. Mitchell e

Liza, numa pose que colava seu corpo perfeito ao dele. Ele se inclinou para baixo, os poucos centímetros que era mais alto que ela, e sussurrou algo em seu ouvido, que a fez corar em um rosa adorável.

— Cara, você é lamentável. — Justin me empurrou para frente, e só então percebi que havia parado de andar.

Rangendo os dentes e mantendo os olhos grudados no chão à minha frente, onde era muito mais seguro, passei por Mitchell e a garota com quem sonhava desde a nona série.

— Ei, Hunter.

Eu sabia que deveria continuar andando. De qualquer maneira, eu veria Tony em um minuto no trem. Mas minha parte mais fraca olhou quando Tony soltou minha garota.

— Oi, Mitchell — eu disse, enquanto meu olhar se descontrolava e deslizava por Liza, absorvendo cada centímetro da pele bronzeada que seu short ilegalmente curto revelava. Eu a reconheci e abri um sorriso. — E *groupie* de Mitchell.

Ela não disse *bom dia, como vai*, ou *se manda, e nunca mais fala comigo de novo*, embora o último pudesse estar escrito em seus olhos verdes, que sempre pareciam ficar num tom demoníaco mais escuro quando me olhava. Eu sabia que ela não era minha maior fã. Não porque ela pessoalmente me odiasse, mas porque ela me culpava por tirar seu precioso tempo com Tony. Mitchell deixou escapar essa informação um dia, depois que ela rosnou para mim por eu duplicar o tempo de treino.

— Até mais, Mitchell — eu disse e me afastei.

— Guarda um lugar para mim — Tony gritou atrás de mim.

Acenei para ele por cima do ombro, mas não olhei para trás. — Pode deixar — Se não era Justin e eu fazendo algo estúpido, certamente éramos os caras do time e eu por aí. Éramos muito unidos, *mais do que família*. E, no entanto, nenhum deles sabia da minha obsessão por uma garota que só tinha olhos para o meu melhor jogador. Sim, às vezes você só tinha que aceitar o que a vida jogava em você e colocar um sorriso forçado no rosto.

Subi os dois degraus para dentro do vagão antes de me virar para bater punhos com Justin. — Aproveite o sol em Santa Monica — disse ele. — Ouvi dizer que as meninas de lá são lindas!

— Vou conferir e te informar. — Talvez. Se eu conseguisse esquecer Liza tempo suficiente para relaxar com outra garota, algo que não fazia há alguns meses. Se essa loucura persistisse, minha reputação logo estaria em sérios problemas. Infelizmente, tive uma sensação incômoda de que as coisas só piorariam para mim.

Justin apontou um dedo para o meu rosto. — E você

cuida do Nick. Se ele voltar com um arranhão, vou te responsabilizar pessoalmente.

— Tá certo. — Eu o ignorei, porque ambos sabíamos que seu irmãozinho era... Bem, um pouco propenso a acidentes. O que quer que acontecesse durante as próximas cinco semanas no nosso acampamento anual de futebol de verão, aquele garoto voltaria com algum tipo de gesso – não importava o que fizéssemos para evitar. A questão era onde exatamente. Alguns dos caras do time fizeram apostas. Apostei vinte dólares que seria em algum dedo da mão esquerda, mas Justin não precisava saber disso.

Encontrei Frederickson e Alex Winter em um compartimento de quatro lugares no meio do trem. Esperamos até Tony se juntar a nós, depois fechamos as portas de correr opacas e nos acomodamos para o passeio de três horas. Tínhamos batatas fritas, *root beer* e estávamos só nós. Decidi que as próximas cinco semanas seriam ótimas para todos. Mas, então, olhei pela janela e vi Liza ainda de pé na plataforma, os braços cruzados, o rosto triste.

Se esse olhar fosse por minha causa e não por Mitchell, eu me sentiria muito melhor.

*

Os primeiros três dias no acampamento foram um

inferno. Tínhamos um cronograma intenso todos os dias e, quando terminávamos, nossas pernas ardiam. Até então, não estávamos dispostos a nada além de pegar um pouco de comida e cair em nossos travesseiros. Mas logo nos adaptamos à rotina pesada e, no quarto dia, Mitchell, Winter, Frederickson e eu achamos que não havia problema em esticar um pouco as regras do acampamento e sair às escondidas depois do anoitecer para nos divertirmos.

Santa Monica tinha alguns lugares muito legais para os jovens saírem. Não serviam álcool no lugar chamado *The Teen Spirit*, mas tinha uma música incrível e um pouco de colírio para os olhos também. Não demorou muito para um grupo de garotas se aproximar da nossa mesa como se fôssemos a luz na vida das mariposas. Duas delas usavam algo preto que mal podia ser chamado de vestido, e as outras três estavam de jeans apertados e blusas justas que deixavam o umbigo à mostra.

— Oi, pessoal — disse uma delas, piscando seus cílios para mim. Seus olhos eram de um azul marinho impressionante. Imaginei que ela tivesse apenas dezessete anos, ainda um ano mais nova que eu, provavelmente do primeiro ano.

— Nós geralmente conhecemos todos os garotos bonitos que vêm aqui. Vocês devem estar de visita?

Ok, ela era audaciosa, e não apenas porque se

atreveu a aparecer aqui com saltos que eram mais longos que o meu dedo médio e claramente lhe causavam dificuldade para andar. Eu me perguntei se ela teria dito isso se estivesse nos encarando sozinha, sem sua trupe de amigas para apoiá-la.

— Estamos jogando futebol nos arredores da cidade — disse a ela. — Nas próximas semanas, vocês podem se acostumar com nossa presença aqui.

Ela sorriu amplamente e colocou o cabelo escuro atrás das orelhas, revelando brincos de argola estilo pirata. — Podemos nos sentar?

— Claro. — Peguei uma cadeira da mesa vazia atrás de mim e a puxei para que ela se sentasse ao meu lado. Eu não sabia o porquê. Talvez porque Frederickson tivesse feito uma cara de esperança quando as garotas apareceram, ou talvez apenas por ser um hábito antigo. Fosse o que fosse, me arrependi disso no momento em que as outras garotas também arranjaram cadeiras, e a imitadora de pirata chegou tão perto que nossas pernas se tocaram sob a mesa.

Cavalheiros que éramos, pagamos uma rodada de refrigerantes e conversamos amigavelmente, mas, além de Frederickson, nenhum de nós parecia realmente impressionado com a companhia que conquistamos. A garota ao meu lado, que se apresentou como Sandy, pediu uma água com gás e se inclinou um pouco perto demais para agradecer. Quando olhei para o rosto dela, tudo o que eu conseguia pensar era que eu preferiria uma garota que fosse natural e sem maquiagem exagerada em seu rosto. Afastei-me alguns centímetros e, depois, aumentei o espaço entre nós para cerca de trinta centímetros. Não só ela estava excessivamente maquiada, mas também parecia ter exagerado no perfume, o que irritou meu nariz.

Eu já estive ao lado de Liza inúmeras vezes, e o perfume floral de seu xampu e sabonete nunca me incomodou.

Mitchell estava tendo problemas para se desvencilhar de uma loira-avermelhada, que exibia seu aparelho nos dentes com um sorriso paquerador para ele. Seria interessante saber se ele estava evitando-a por causa da mesma garota que estava em minha mente agora. Passamos uma hora, mas finalmente Tony e eu trocamos um olhar que dizia: *Corra o mais rápido que puder.*

Para escapar, inventamos uma desculpa esfarrapada. Que não tínhamos permissão para ficar fora até tarde ou seríamos expulsos do acampamento de futebol, o que não era exatamente uma mentira, mas também não era algo que realmente nos preocupasse.

— Você vai voltar neste fim de semana? — Sandy perguntou, enrolando uma mecha de cabelo ao redor do dedo indicador. Deus, quem ensinou essa garota a flertar? Era como se ela tivesse assistido aos piores filmes de garotas de todos os tempos e tomado notas.

Certo, talvez ela não fosse tão ruim, e há alguns meses, eu até poderia ter incentivado o flerte, mas hoje à noite eu não estava no humor. — Acho que sim. Mas provavelmente também traremos nossas namoradas, então, essa rodada não vai acontecer novamente.

Isso a fez recuar, e eu não estava nem um pouco arrependido por ter inventado essa mentira descarada. Dei um tapa no ombro de Frederickson e interrompi sua conversa com uma garota de cabelos tão ruivos quanto os dele. — Estamos indo, cara. Você vem?

Ele mordeu o lábio, pensativo. Então, se despediu da garota chamada Kelly e nos seguiu porta afora.

— Nunca fiquei tão aliviado em me afastar de um grupo de garotas — disse Mitchell, enquanto escalávamos a cerca de volta para o acampamento.

— Por quê? — Frederickson murmurou. — As garotas estavam interessadas. Qual é o problema? Não quer se divertir?

Tony e eu batemos na cabeça dele ao mesmo tempo. — Não gosto quando uma garota não aceita um *não* como resposta — disse a ele, depois segurei a porta do nosso dormitório aberta para os outros entrarem. — E a mão de Sandy na minha coxa definitivamente nunca ouviu a palavra *não* antes.

Subimos para nossos beliches e apagamos a luz.

Ao sair para o campo de treinamento na manhã

seguinte, percebi de imediato que este seria um dia especial. Um grupo de garotas, todas vestidas com camisetas de futebol e chuteiras, estava sentado no gramado, aparentemente à nossa espera. Este foi o primeiro ano em que as meninas também vieram. Ouvimos que a administração da escola se sentiu culpada por não oferecer um time de futebol para as garotas na Grover Beach High, então, elas foram enviadas ao acampamento de futebol como compensação.

Inicialmente, achei que era uma ótima ideia. Mas quando o treinador nos disse para formarmos equipes mistas, fiquei um pouco cético. Nunca tínhamos jogado com garotas antes. Elas pareciam frágeis e delicadas e, definitivamente, não me parecia que deveriam estar em campo conosco, os caras desordeiros.

— Oi, Hunter — duas meninas da minha aula de química me cumprimentaram.

— Oi, McNeal. Summers — respondi, sem parar para conversar. Chloe Summers era uma jogadora habilidosa, pelo que eu tinha observado nos últimos três dias em outro campo, e Brinna McNeal parecia estar sempre ao seu lado, não importando o que acontecesse.

Para o bem de todos, os caras e eu pegamos leve quando começamos a primeira partida. Talvez tenha sido ingenuidade da nossa parte, porque antes do fim do primeiro tempo, Chloe já tinha me derrubado três vezes, e não de uma maneira suave e delicada. Duas vezes ela colidiu comigo em alta velocidade e na última vez, ela enlaçou sua perna direita ao redor do meu tornozelo, fazendo-me voar alguns metros antes de cair de barriga na grama.

Levei um momento para recuperar o fôlego, então me levantei e caminhei até ela. Como ela quase alcançava a minha altura de um metro e oitenta, pude facilmente encostar minha testa na dela e rosnar em seu rosto. — Ah, você é tão *gentil*, Summers.

— Desculpe, machuquei seus sentimentos? — ela retrucou com um sorriso provocador nos lábios. — Podemos prosseguir com o jogo agora, ou você precisa de um tempo para recuperar o fôlego, Hunter?

Eu conhecia essa garota desde sempre, pois ela morava a apenas três ruas da minha e nunca tinha me chamado a atenção. Mas seu estilo agressivo deixou uma marca naquele dia e, depois de duas semanas jogando ocasionalmente com as garotas, resolvi discutir uma ideia com os caras do meu time.

O *Teen Spirit* era o local escolhido para nossa conversa naquela noite. Não tínhamos voltado lá desde nossa primeira saída, e me perguntei se Sandy e suas amigas estariam por perto novamente. Sentindo-me culpado pela mentira descabida sobre nossas namoradas, senti um constrangimento ao entrar. A sensação aumentou quando vimos as garotas saindo do bar.

Para desapontamento de Frederickson, escolhemos uma mesa na extremidade oposta do salão. O lugar estava movimentado naquela noite de sábado, então perdemos as garotas de vista com facilidade.

— Eu estava pensando... — comecei, sendo imediatamente interrompido por Alex.

— Vamos lá, galera!

— Cala a boca, Winter! — dei-lhe um soco no ombro. — Como eu estava dizendo, o que vocês acham de formar uma equipe mista em casa?

Todos os sete jogadores se inclinaram para frente, apoiando os braços na mesa. — *O quê?*

— Não todas as vezes, não entrem em pânico! Mas vocês viram que jogar com elas não é tão ruim assim. Estava pensando em recrutar as melhores e, depois, dividir nosso tempo de treino. Metade com e metade sem as garotas.

— Se elas concordarem, claro — Tony ponderou.

— Vi Chloe Summers e suas amigas perto da entrada quando chegamos. Se vocês estiverem de acordo, posso chamá-las para discutirmos isso juntos.

Houve um silêncio coletivo. Lentamente, os sorrisos começaram a aparecer em seus rostos. — Por mim, tudo bem. Estou dentro — disse Frederickson.

Sabia que ele seria o mais fácil de convencer, pois, entre todos nós, parecia ser o que mais se divertia com as garotas.

Mitchell fez uma careta cética. — Não sei... Quero dizer, elas não participariam dos jogos importantes conosco, então por que sacrificar o tempo de treino?

— Bem, as garotas não têm um time na escola e, embora não disputemos jogos oficiais com elas, poderíamos organizar amistosos. Sei que a Hamilton High tem uma equipe mista e, se não estou enganado, o mesmo acontece com os Riverfalls Rabid Wolves. São duas equipes que poderíamos convidar para jogos ocasionais. Seria justo também dar às garotas a chance de jogar. — Então, ri e dei um tapa no ombro dele. — Se for incentivo, você pode até convidar sua namorada para fazer parte do time.

— Quem? *Liz?* — Ele mostrou uma expressão de surpresa. — Ela prefere tocar em um leproso do que numa bola de futebol. E ela não é minha namorada.

— Ok, certo. — Eu estava brincando com ele, mas ouvir a verdade da boca do meu amigo foi indescritivelmente reconfortante. — Então, vamos falar com as meninas agora ou não?

Todos os caras concordaram. Levantei-me e caminhei até o bar onde avistei Chloe, Brinna e outras três garotas da nossa escola. Que falta de sorte – bem ao lado delas estavam Sandy e as gatinhas do primeiro ano. Sandy me viu me aproximar, e o fato de eu estar sozinho parecia fazê-la feliz. O sorriso dela surgiu e ela me disse *oi*.

— Ei, Sandy.

— Sem namorada de novo? — Parecia uma mistura de reprovação pela mentira que eu havia contado a ela e satisfação por me encontrar ainda solteiro.

Eu não queria dar a ela uma falsa esperança e, mais importante, não queria passar a próxima hora tentando afastá-la, então, peguei a primeira garota conhecida que vi e a trouxe para perto de mim.

— Desculpe desapontá-la — disse a Sandy confusa. — Mas vim buscar minha garota. — Inclinei minha cabeça para ver quem era minha garota e me vi cara a cara com Chloe. Ela levantou uma sobrancelha delicada para mim, mas soube lidar com o momento. — Você está pronta para voltar à mesa comigo, querida? — Eu disse com um sorriso.

Chloe provocou um momento de pânico, mas logo entrou na brincadeira. — Claro, amor. Deixe-me só avisar às meninas que vamos mudar de lugar. E que você concordou em pagar uma rodada.

Apertei os dentes, mas o sacrifício valeu a pena. Com meu braço ainda em volta de Chloe, guiou-a até nossa mesa nos fundos, sabendo que Sandy nos observava com aquele olhar azul marinho de decepção.

Chloe levou a atuação um pouco além. Exagerou ao passar o braço ao redor da minha cintura e enfiar a mão no bolso traseiro da minha calça jeans.

— Mãos à obra, Summers — murmurei, embora a

mantivesse perto de mim.

— Por quê? Você tem um bumbum bonito, Hunter. — Ela riu e me beliscou antes de retirar a mão do meu bolso, levando-a para um lugar menos ousado.

Os rapazes já haviam arranjado cadeiras para as garotas, e fiquei aliviado quando pude finalmente soltar Chloe e me sentar novamente.

— Uau, parece que estavam nos esperando — disse ela, enquanto todos se acomodavam. — O que foi?

— Há algo que queremos discutir com vocês — respondi.

— Sério? E eu aqui pensando que você só queria usar uma garota para fugir de outra.

Eu fiz uma careta. — É... Obrigado por isso. — Em seguida, pedi refrigerantes para todos e compartilhamos com as meninas a ideia que tínhamos em mente.

Todas ficaram intrigadas com a proposta, especialmente porque não havia um time feminino em Grover Beach. A única chance delas de jogar futebol era nas aulas de educação física, e só quando o professor estava disposto.

— Conheço algumas meninas na escola que adorariam fazer parte de um time — disse Brinna. — Se não se importarem que nem todas sejam veteranas no próximo ano.

— Na verdade, só Sasha, Tyler e eu seremos veteranos no nosso time — expliquei. — Então, não precisa se preocupar.

— Ótimo. Posso mandar mensagem para algumas meninas em casa e todos podemos nos encontrar depois de voltar. De quantas garotas precisamos para o time misto?

— Não sei ao certo. Oito a dez seria ideal. Se tiver mais gente querendo participar, teremos que realizar

A noite se estendeu por mais algumas horas antes de finalmente deixarmos o bar juntos.

— Todo mundo escolhe uma garota — Alex disse por cima do ombro com um sorriso ao passarmos por Sandy e suas amigas no bar.

Eu estava tentado a colocar Chloe debaixo do braço novamente, já que ela caminhava ao meu lado, mas a loira me lançou um olhar severo. — Leve Brinna — ela retrucou, depois, enlaçou o braço no de Tony e piscou para ele. — Eu quero ser a namorada *dele* na saída.

Mitchell passou a mão pelos cabelos loiros e deu um sorriso constrangido. — Desculpa, Hunter.

Não era necessário. Brinna era tão agradável quanto qualquer outra pessoa, e nos separamos assim que a porta se fechou atrás de nós. No entanto, Chloe se manteve presa ao braço de Mitchell por todo o caminho até em casa. Depois, Frederickson me atualizou sobre o flerte que aparentemente ocorreu a noite toda e que eu havia completamente ignorado.

Summers e Mitchell? Por que essa ideia me fez sorrir

sozinho?

De volta ao acampamento, inseri uma moeda na máquina de refrigerantes no corredor, aproveitando a oportunidade para ver como Tony e Chloe se despediriam naquela noite. Conhecendo Chloe, eu estava quase certo de que ela o beijaria, e se fizesse isso, essa poderia ser finalmente a minha chance com Liza. Se Tony tivesse uma namorada, mais cedo ou mais tarde ela perceberia que ele não era o único rapaz no mundo.

Tomei um gole de *Coca-Cola*, observando-os pelo canto do olho. Para minha total frustração, eles não se beijaram. Eles nem sequer conversaram sobre se encontrar na manhã seguinte no treino de futebol. Tudo o que eles disseram foi *boa noite* e Chloe acrescentou: *Durma bem, Anthony.*

Tony me esperou quando ela se foi, e juntos subimos os degraus para o dormitório masculino. Não mencionei o assunto e ele também não.

Conheça outros livros da Autora

CAOS DO AMOR

Beijo Sem Querer

Catástrofe do Amor

Inimigos e Mais

Um Bad Boy para Sue

Doce e Proibido

Aposta Impossível

Gata Indomável

AMOR NA NEVE

Contando Vaga-lume

Memórias Quebradas

*

Dezessete Borboletas

RAFAEL E SEBASTIAN
Quebrando Regras
Quebrando Limites
Quebrando Titânio

LENDAS DE NEVERLAND
Caindo nos Sonhos da Terra do Nunca
A quebra do Tempo
Coração Pirata

PÁGINAS SUSSURRANTES
Nenhum Príncipe para Chapeuzinho vermelho
Um Lobo no seu Destino

*

Eloyn
Meu Vampiro Secreto
Entre nós e o Céu

Conheça mais sobre a Autora

Escrevo histórias porque, sem elas, não consigo respirar.

Anna Katmore vive em um mundo cheio de magia, luz e pequenos milagres silenciosos. Ali, fadas dançam ao vento do entardecer, sonhos voam em asas douradas, e as fronteiras entre fantasia e realidade se dissolvem na névoa. Se você tiver coragem de seguir a sua imaginação e deixar o mundo como o conhece de lado por um instante, será calorosamente convidado a acompanhar Anna até esse reino. Mas atenção: quem atravessa essa porta uma vez talvez nunca mais queira voltar...

Para Anna, a Disney não é apenas uma fonte de inspiração, mas um verdadeiro modo de viver — e, se pudesse, ela curaria o mundo inteiro com um único sorriso. Seu patrono é um lobo, e sua varinha mágica é um galho quebrado de macieira, com 13 ¾ polegadas. Em alguns dias, ela ama seus personagens mais do que o mundo real; ainda assim, jamais deixa de procurar pequenos milagres também fora das páginas dos livros. E quando não está escrevendo, ela escuta o vento que, nas noites quentes de verão, sussurra histórias que só a alma consegue compreender.

Para ainda mais magia, visite Anna em: www.annakatmore.com